헌터 레볼루션

헌터 레볼루션

1판 1쇄 찍음 2020년 7월 24일
1판 1쇄 펴냄 2020년 7월 30일

지은이 | 정사부
펴낸이 | 정 필
펴낸곳 | (주)뿔미디어

편집장 | 문정흠
기획 · 편집 | 정대영 · 안재홍

출판등록 | 2002년 9월 11일 (제081-1-132호)
주소 | 경기도 부천시 원미구 소향로 17번길(두성프라자) 303호 (우) 14544
전화 | 032)651-6513 / 팩스 032)651-6094
E-mail | bbulmedia@hanmail.net
비북스 | http://www.b-books.co.kr

값 8,000원

ISBN 979-11-6565-200-5 04810
ISBN 979-11-315-9849-8 04810 (세트)

※파본은 구입하신 서점에서 교환하여 드립니다.

BBULMEDIA FANTASY STORY

헌터 레볼루션

정사부 현대 판타지 장편 소설

1. 집결

한국, 미국, 영국 그리고 독일.

이렇게 4개국의 대통령이 한자리에 모여 기자회견을 가진 뒤 세계 곳곳에 있는 사람들은 환호를 보냈다.

그럴 수밖에 없는 것이, 대격변 이후 세계는 느닷없이 나타난 몬스터로 인해 이동에 상당한 어려움을 겪고 있기 때문이었다.

하늘을 날아다니는 몬스터로 인해 비행기의 이착륙이 이전보다 훨씬 위험해져 있는 상태.

그렇다고 지상이 만만하지도 않았다.

왜곡 현상으로 인해 대격변 이전에는 불과 30분 정도면

갈 수 있는 거리도 몇 시간 또는 며칠이 걸릴 정도로 변해 버렸다.

또 그렇게 왜곡된 지역에 들어가게 되면 정상적인 방향 감각이 흐트러지게 되었다.

그 때문에 이런 곳은 외곽에 단단한 방책을 세우고, 철저히 경계를 하며 혹시 모를 몬스터 유출 사건이 일어나지 않도록 조심하였다.

바로 이곳이 몬스터 필드라 불리는 곳이었다.

이런 몬스터 필드는 차원 게이트가 브레이크를 일으키면서 발생한다.

그러다 보니 몬스터들은 엄청난 숫자로 서식을 하고 있으며, 당연히도 이동이 힘들어질 수밖에 없었다.

하늘과 땅이 막히면서 바다로 이동하려는 기업이나 국가도 종종 생겨났다.

하지만 바다가 안전한 것은 아니었다.

오히려 지상이나 하늘보다 바다가 더욱 위험하다는 표현이 옳을 것이었다.

바다는 대격변 이전에도 인간에게 많은 혜택을 주는 한편, 그만큼 무척이나 위험한 시련을 주기도 하는 곳이었다.

거센 파도와 풍랑이 이는 바다는 언제나 고립이 되거나 난파될 위험이 있어 왔다.

어쨌든 이건 환경적인 요인이었는데, 인류는 오랜 시간 바다를 누비며 그러한 것들을 많이 극복하였다.

하지만 대격변이 일어나면서 땅과 하늘이 바뀐 것처럼 바다 또한 많은 것이 바뀌었다.

바로 거대 해양 몬스터.

지상이나 하늘보다 훨씬 거대한 해양 몬스터의 출현은 인간이 바다를 통해 다른 대륙에 있는 인간과 연결되는 것을 막았다.

위험을 무릅쓰고 바다를 통과하는 소수의 대담한 사람들을 빼고는 이전처럼 대규모 무역을 할 수 있는 방법이 사라진 것이다.

이 때문에 대륙 간 무역은 많은 비용이 들어가는 하늘 길을 이용하게 되었다.

물론 하늘을 날아다니는 몬스터로 인해 많은 위험이 따르기는 하지만, 그래도 바다를 이용한 무역보다는 성공 확률이 높아 선택의 여지가 없었다.

그러다 보니 무역을 하는 규모도 예전보다 줄어들었고, 무역을 하는 품목도 사치품에 가까운 물건으로 한정이 될 수밖에 없었다.

그중 식량은 사치품은 아니었으나 인간에게 꼭 필요한 것.

어느 곳이든 식량은 사치품에 버금가는 엄청난 높은 가격을 가지고 있었는데, 그렇다고 거래를 하지 않을 수는 없었다.

당장 굶어 죽는 사람이 나오는 것보다는 낫기 때문에 식량이 부족한 나라들은 어쩔 수 없이 항공기를 이용한 식량수입을 하게 되었다.

사실 그건 한국도 마찬가지였다.

그나마 한국은 헌터 전력이 높았기에 몬스터의 영역에서 농경지를 확보하고 식량을 자급자족하는 한편, 가끔 잉여 농산물을 모아 수출을 하기도 했다.

하지만 식량을 100% 자급자족하는 나라는 많지 않았다.

거대한 땅을 가진 러시아도 강력한 국력을 가진 미국도 100% 식량 자급률이란 건 대격변 이후엔 없는 말이 되었다.

그들은 거대한 땅을 가지고 있는 탓에 다른 나라보다 더 많은 차원 게이트에서 몬스터들이 쏟아져 나왔다.

그로 인해 오히려 농경지가 침습당해 더욱 큰 곤란을 겪고 있는 중이었다.

대격변 이전에는 거대한 땅에 걸맞은 국력을 가지고 있어 그곳에서 생산되는 자원으로 자급자족은 물론이고, 수출로 많은 부를 이루어 왔다.

하지만 지금에 와서는 몬스터로 인해 농경지를 잃고 식량 부족으로 외국에서 식량을 수입하는 처지가 되었다.

그 때문에 미국이나 러시아 등 식량이 부족한 많은 나라들은 어떻게든 안전한 무역로를 개척하기 위해 여러 가지 방법을 모색하였다.

그런데 이번 기자회견에서 다른 대륙과 연결된 던전이 발견됐다고 발표한 것이다.

그리고 그 중심에 미국이 있었다.

예전부터 인종의 용광로 또는 세계의 모든 것을 끌어들이는 블랙홀과 같던 미국이었다.

한데 신의 축복을 받은 땅인지, 이번에도 각 대륙의 연결점에 있는 곳이 미국이 되었다.

그 때문에 4개국 정상들의 회담에서도 그렌트 대통령의 위상은 그 어느 때보다 높았다.

그런데 그것보다 더욱 위상이 높아진 곳은 따로 있었다.

바로 한국이었다.

대격변 이전에는 한쪽에서 찌그러져 미국이나 다른 선진국 정상들이 결정한 내용을 그저 앵무새처럼 중얼거리는 존재이던 한국의 대통령이었다.

한데 그런 그가 그렌트 대통령과 어깨를 나란히 하며 당당하게 의견을 내고, 기자회견에서도 자신감을 내보였다.

하지만 한국의 대통령이 그러는 것에 대하여 어느 누구도 이의를 제기하지 않았다.

물론 헌터 강국으로서 한국의 위상이 그리 낮지는 않았다.

하지만 그렇다고 해외 정상들이 이 정도까지 대한민국 대통령을 인정해 주지도 않은 것도 분명한 사실이었다.

그런데 지금 보이는 모습만으로도 단박에 아니라는 걸 알아차릴 수 있을 정도였다.

그도 그럴 것이, 이번 4개국 정상이 발표한 회견의 내용을 실현시키기 위해선 어느 누구보다 대한민국 정부의 적극적인 지지가 필요하기 때문이었다.

세계 최고의 헌터와 헌터 전력을 보유한 나라가 대한민국인 탓에 가능한 일이다.

단편적으로 봐도 최근 미국에서 발생한 재앙급 몬스터 웨이브를 막아 내는 데 가장 많은 공을 세운 것이 재식과 언체인 길드였고, 그들을 보유한 국가는 대한민국이었다.

그리고 또 열 개의 던전을 탐사하고 몬스터들을 던전에서 몰아낸 것도 재식과 언체인 길드의 도움이 무척이나 컸다.

그러다 보니 그렌트 대통령이나 영국과 독일의 총리도 한국을 인정하지 않을 수가 없게 되었다.

더욱이 한국은 몇 년 전, 국토 수복이라는 오랜 염원을 자신들의 손으로 이룩했을 뿐만 아니라 그곳에서 엄청난 양의 식량을 거둬들이고 있었다.

비록 전 세계의 인구수를 따지면 얼마 되지 않는 양이지만, 식량이 절대적으로 부족한 현 상황에선 그 정도로도 미국이나 영국, 독일에게는 상당한 도움이 되었다.

그게 아니라 한국에게 무력적인 도움만 받는다고 하여도 현재 가장 많은 식량을 생산하는 남미 대륙을 안전하게 연결할 수가 있는 여유가 생길 것이었다.

그러한 이유로 세계인들, 특히 한국을 제외한 3개국의 정상들은 더욱 한국을 인정할 수밖에 없었다.

하지만 호사다마라는 이야기처럼 좋은 일에는 언제나 나쁜 일이 따라오는 법이었다.

바로 동북아시아와 연결된 던전의 위치로 인해 엉뚱한 불똥이 튀게 된 것이었다.

그도 그럴 것이, 대격변 이전, 아니, 그 직후까지도 헤이룽장성은 중국의 영토였다.

그런데 시간이 흐르면서 중국 동북에 있는 세 개 성인 랴오닝, 지린, 그리고 헤이룽장성이 몬스터로 인해 버려졌다.

그런 것이 이들 세 개 성뿐만은 아니었다.

자치구들 중에는 네이멍구 자치구, 광시좡 족 자치구, 시짱 자치구, 닝샤우이 족 자치구, 그리고 마지막으로 신장위구르 자치구가 버려졌다.

게다가 칭하이성이나 쓰촨성 등, 일부 낙후된 지역도 중국 정부로부터 버려졌다.

아니, 사실상 중국은 각 성 단위로 고립되었다고 보는 것이 더욱 맞을 것이다.

그러면서도 그들은 하나의 중국을 내세워 어렵게 중화인민공화국이란 이름으로 살아갔다.

그런데 4개국 정상회담이 발표되고 이들이 옛 자신들의 영토인 헤이룽장성을 개척하려 하자 발끈하고 나선 것이다.

즉, 헤이룽장성은 중국의 영토이니, 함부로 발을 들이지 말라는 것이었다.

하지만 한국이나 미국, 그리고 영국과 독일은 물론이고, 세계 각국의 입장은 중국과 전혀 달랐다.

헤이룽장성을 수복하면 엄청난 이점이 생기게 된다.

위험한 바다와 땅도 아니었고, 또 비행기보다도 빠른 길이 연결이 되는 것이다.

그런데 능력도 되지 않고 욕심만 많은 중국이 세계인의 염원을 반대하고 있었다.

이는 예전부터 중국이 세계 질서에 어떻게 대처해 왔는지를 기억하고 있는 사람들에게는 너무나도 어처구니없는 일이 아닐 수 없었다.

그런데 결론적으로 이야기를 하면 그런 중국의 몽니는 받아들여지지 않았다.

그도 그럴 것이, 헤이룽장성은 물론이고, 동북의 세 개성은 현재 어느 나라의 지배를 받지 않고 몬스터에게 점령이 된 곳이었다.

4개국 정상과 많은 국가들의 입장에서는 중국이 아무리 자신의 땅이라 우겨도 인정할 리가 없었다.

현 지구는 넓은 영토를 모두 관리할 수 있는 상황이 아니었다.

그러한 이유로 4개국 정상은 국가의 행정력이 미치지 못하는 지역은 그 나라의 영토로 인정할 수 없다는 발표를 하면서 중국의 주장을 일축했다.

그러면서 그러한 주장을 하려면 한국이 한 것처럼 헤이룽장성을 중국이 직접 자신의 손으로 수복하라는 이야기를 하였다.

이렇게 4개국과 세계의 많은 나라들이 중국의 주장을 반박하자, 중국 정부는 어쩔 수 없이 자신들의 주장을 접을 수밖에 없었다.

그도 그럴 것이, 현재 중국은 능력이 안 돼 자치구는 물론이고, 원래 자신들의 영토라 할 수 있는 칭하이 성이나 쓰촨성 일부도 몬스터로부터 수복하지 못하고 있는 상태였다.

그런 입장에서 별로 필요도 없고 본토에서 멀리 떨어진

척박한 땅인 동북 3성을 굳이 수복하기 위해 헌터 전력을 모을 이유가 없었다.

아니, 차라리 그럴 전력이 있다면 현재 자신들이 있는 지역이나 먼저 몬스터로부터 안전하게 지키길 원했다.

말로는 하나의 중국을 외치고는 있지만, 각 성의 주석이나 권력자들은 자신들이 있는 곳에서 왕이나 마찬가지의 위치에 있었다.

그러다 보니 굳이 다른 성을 지원한다거나 몬스터로부터 국토를 수복한다는 생각을 하지 않았다.

조금 더 정확하게 말하자면 필요성을 느끼지 않는다는 것이 더욱 맞을 것이었다.

상황이 이렇게 흘러가자 이번에는 한국에서 조금씩 다른 이야기가 나오기 시작했다.

대한민국 국민들에게서 이참에 옛 고구려의 군사들이 종횡무진하던 그 영토를 회복하자는 말이 새어 나오는 것이었다.

자신들의 능력으로 몬스터에게 빼앗긴 땅을 찾을 능력이 되지 않는 다는 걸 중국은 침묵으로 인정하고 있었다.

게다가 국제사회에서는 이러한 중국은 물론이고, 각국의 현 상황에 비추어 몬스터에게 잃어버린 땅에 대한 권리를 인정하지 않는다는 취지의 발표를 하다 보니 대한민국 국민의 열망은 절로 거지게 되었다.

대격변 이전부터 대한민국은 주변 강대국에 둘러싸여 고초를 겪어 왔다.

고대 한반도의 삼국시대에는 지정학적 위치로 이전투구하면서도 외세의 침입에는 서로를 도와주며 함께하였다.

하지만 삼국이 통일되고 하나의 나라가 되면서 외세의 침입에 어려움을 겪었다.

그도 그럴 것이, 넓은 땅과 엄청난 인구를 가진 중국이 통일되자 야욕을 드러냈기 때문이다.

그리고 또 남쪽의 일본도 여러 개의 섬으로 이루어졌다고는 하지만, 한반도보다 영토가 넓으며 인구 또한 많았다.

신라가 삼국을 통일하는 과정에서 중국에 고구려의 영토를 넘기며 우리 민족의 땅은 넓은 대륙이 아닌 한반도로 쪼그라들었다.

그 뒤로는 계속해서 중국과 일본, 나중에는 소련과 미국에게도 시달려야 했다.

이념의 대립으로 남과 북이 갈려 총을 겨누고, 나중에는 북쪽은 몬스터에 의해 무너졌다.

그러한 이유로 대한민국 국민들은 마음속에 강한 조국에 대한 갈망이 있었다.

그 때문인지 역사 속 우리 민족이 가장 강성한 때.

즉, 고구려를 떠올리며 국민들이 그렇게 외친 것이었다.

좁은 한반도가 아닌 넓은 대륙으로 나가자고 말이다.

물론 그렇다고 중국과 전쟁을 벌이자는 이야기는 아니었다.

그저 옛 고구려가 가진 넓은 영토를 회복하자는 취지의 이야기들이었다.

이에 많은 정치인들도 이런 국민들의 염원에 불을 붙였다.

국민들의 표를 얻어야 자신들의 자리를 보전할 수 있는 이들이 바로 정치인들이었다.

그렇기에 그들은 자신들이 떠드는 일이 얼마나 어렵고 위험한 일인지 따져 보지도 않고 국회에서 강력히 주장하는 것이었다.

*   *   *

"흑룡강성은 물론이고, 요녕과 길림성 또한 확보해야 합니다."

"맞습니다. 그곳뿐만 아니라 연해주도 우리의 옛 영토이니 그곳 또한 되찾아야 합니다."

웅성웅성.

국회 의사당의 본 회의장은 그렇게 많은 국회의원들이 자리하며 여야를 불문하고 한목소리를 내고 있었다.

하지만 정작 이들은 그 실현 가능성에 대한 어떠한 조사도 하지 않고 그저 이상만 가지고 떠드는 중이었다.

겨우 몬스터에 점령된 북한 지역을 수복하는 것만으로도 많은 사람의 희생 위에서 어렵게 성사가 되었다.

그런데 이제는 그보다 몇 배는 넓은 동북 3성은 물론이고, 청나라가 러시아에게 무단으로 넘긴 연해주까지 수복해야 한다고 떠들고 있는 것이다.

물론 가능하다면야 참으로 좋은 시기가 지금이었다.

현재 정치인들이 떠들고 있는 지역은 중국이나 러시아가 실효 지배를 포기한, 버려진 땅이기 때문이었다.

동북 3성이나 연해주의 경우에는 사실상 그곳에 사람이 생존해 있을 가능성은 제로에 가까웠다.

그러니 국제법상 행정력이 미치지 못하는 지역이라 할 수 있다.

하여 그곳을 차지하는 나라가 자신의 땅이라 주장을 하면 그것을 막을 수 있는 근거가 없을 것이 분명했다.

그런 이유로 정치인들의 주장이 어느 정도 타당해 보이기는 하지만, 현재 대한민국의 전력으로는 이들이 주장하는 바를 성공하기란 사실상 불가능에 가까웠다.

그도 그럴 것이, 아무리 세계 최고의 헌터와 최고의 길드가 있다고는 하지만 수복해야 할 땅이 넓어도 너무 넓었다.

그나마 가능성이 있으려면 재식과 그의 길드인 언체인이

있어야 했는데, 그들은 지금 해야 할 일이 너무나도 많았다.

정치인들은 대한민국의 위 동북 3성이 비었다는 것만 생각하고 있었다.

아니, 그조차도 생각하지 않을 가능성도 충분했다.

정작 재식과 언체인 길드는 4개국 정상 회담으로 인해 세계 무역로 연결을 해야하는 상황이었다.

미국과 영국, 그리고 독일의 대표 헌터들과 함께 행동하여 많은 던전을 뚫어야 하는 일이 그리 쉬울 리가 없었고, 당연하게도 그것에는 상당한 시간이 소요될 것이었다.

그런데 그러한 것을 잊고 있다 보니, 이렇게 허무맹랑한 주장을 펼치는 거리라.

＊　　　＊　　　＊

국회의원들이 국회에서 떠들고 있는 것이 TV 화면을 통해 송출되었다.

"참으로 황당한 놈들이네……."

TV 화면 속에서 국회의원이라는 작자들이 떠들고 있는 것을 가만히 지켜보던 김중배가 조용히 중얼거렸다.

탁.

들고 있던 컵을 테이블에 내려놓은 재식이 빙그레 미소를 지으며 대답했다.

"언제는 안 그랬나요?"

"하긴 저놈들은 언제나 한결 같지."

재식의 물음에 대답하던 김중배는 리모컨을 들어 TV를 꺼 버렸다.

틱─

"그래. 그들은 뭐라고 하던가?"

김중배는 4개국 정상회담에서 나온 결과를 어느 정도 알고 있기에 정치인들의 계획이 아닌, 실무를 행사하는 4개국 헌터들의 계획을 듣고 싶어 재식에게 물은 것이다.

물론 한국의 헌터 협회에서도 이 일에 깊게 관여를 하고 있기는 했다.

하나 정작 한국을 대표해서 4개국 정상의 헌터들과 함께 움직이는 것은 헌터 협회 직속 헌터가 아닌 재식과 언체인 길드였다.

그 탓에 좀 더 자세한 이야기를 듣고 싶은 물어본 것이었다.

더욱이 김중배 협회장의 입장에서는 정부와 척을 진 상황이었다.

그렇기 때문에 재식과 언체인 길드는 그에게 꼭 붙들어야 하는 구명줄이나 다름없었다.

그러니 최대한 앞으로의 계획을 듣고 도움을 줄 것이 있는지 알아보려 노력하는 것이었다.

"일단 미국과 연결된 흑룡강성의 던전을 확보할 생각입니다."

김중배의 질문을 받은 재식은 간단하게 자신의 계획을 이야기하였다.

정치인들이나 국민들이 원하는 동북 3성을 모두 수복하면 좋기는 하겠지만, 사실상 그건 단기간에 하기에는 불가능했다.

더욱이 그렇게 수복했다고 해서 모두 끝나는 일도 아니었다.

괜히 욕심을 부려 과식을 했다가는 배가 터져 버리고 말 것이다.

대한민국이 감당할 수 있는 한도 내에서 차근차근 진행해 나간다면, 언젠가는 국민들이 염원하는 것처럼 동북 3성은 물론이고, 옛 연해주라 불리던 땅, 그리고 흑룡강성 위 동토까지도 수복할 수 있을 것이 분명했다.

하지만 그것은 모든 일이 끝난 뒤 시간을 들여 천천히 진행을 해야 하는 일이었다.

그렇기에 재식은 이렇게 대한민국 헌터 협회를 찾아 협회장인 김중배와 이야기를 하고 있는 것이었다.

*   *   *

대한민국 영토의 북쪽 끝인 온성군 남양에 엄청난 숫자의 헌터들이 몰려들었다.

평소에도 많은 헌터들이 몬스터 사냥을 위해 이곳을 찾기는 하지만, 이렇게 많은 헌터가 모이기에는 남양의 크기가 그리 크지 않았다.

그 탓에 공급에 비해 수요가 높아졌고, 이곳에서 헌터들을 상대로 장사를 하는 상인들로서는 때아닌 대목을 맞이하게 되었다.

"일성 팩토리에서 생산한 무기와 방어구 열 개가 입고되었습니다. 선착순 열 분 만이 가질 수 있는 기회!"

웅성웅성.

"뭐? 일성 팩토리제 무기와 방어구라고?!"

"어디야! 어디에 입고되었다는 거야!"

상점가를 지나던 헌터들은 갑자기 들린 호객꾼의 목소리에 반응을 하며 주변을 두리번거렸다.

그도 그럴 것이, 방금 전 호객꾼이 떠든 일성 팩토리는 현재 대한민국에서 가장 핫한 헌터 장비류 제작 업체이기 때문이었다.

사실 일성 팩토리가 처음부터 이렇게 헌터들에게 인기가 있던 것은 아니었다.

하지만 대한민국은 물론이고, 전 세계에서 가장 핫한 헌터 길드인 언체인 길드에 장비류 일체를 납품한다는 것이 알려지면서 일성 팩토리의 명성이 수직상승했다.

그뿐만 아니라 언체인 길드 부속 공방에서 제작되는 아이템이나 아티팩트의 토대가 되는 무기나 방어구도 이곳 일성 팩토리의 제품이었다는 것이 얼마 지나지 않아 밝혀졌다.

그러자 대한민국 헌터들은 물론이고, 많은 다른 국가들에서도 일성 팩토리에서 생산하는 무기나 방어구의 성능을 인정하며 찾게 되었다.

더욱이 일성 팩토리의 제품들은 성능이 뛰어난 것도 뛰어난 것이지만 가격 대비 성능도 무척이나 좋았다.

동급의 장비류에 비해 성능이 20% 더 뛰어나 무기나 장비류에 대한 헌터들의 신뢰는 가히 최상이라 할 수 있을 정도.

그 때문에 일성 팩토리에서 제작한 장비류는 이제는 프리미엄까지 붙어 판매가 될 정도로 인기가 좋았다.

사실 이런 일성 팩토리의 명성은 재식의 도움이 크게 작용했는데, 원래 일성 팩토리의 장비류가 동급 제품을 생산하는 공방들 중에서 그럭저럭 괜찮은 정도였지, 지금의 명성을 얻을 수 있을 정도는 아니었다.

하지만 재식은 그런대로 자신과 인연이 있는 일성 팩토리를 찾아 아티팩트 제작을 위한 물건을 의뢰할 때 도움을 주었다.

재식이 준 도움은 여러 가지가 있었다.

그중 쇠를 높은 온도에서 빠르게 녹일 수 있는 고로를 제작해 준 것은 물론이고, 몬스터를 상대하는 데 최적화된 무기 제작이나 방어구 제작법을 알려 주기도 했다.

이는 전적으로 아티팩트 제작을 원활하게 하기 위한 방편으로 도움을 준 것이었지만, 일성 팩토리의 사장인 신천우나 그 아들인 신현식에게는 엄청난 도움이 되었다.

그리고 이들 두 사람은 재식이 알려 준 이 방법으로 기존 공방들이 만들던 헌터용 장비류보다 훨씬 더 뛰어난 장비류를 만들 수 있게 되었다.

다만, 재식이 알려 준 방법은 지구의 제작 방법이 아닌 칸트라 차원의 제작 방법이다 보니, 대량 생산에는 취약해 많은 양을 생산할 수는 없었다.

그런데 이런 부분이 더욱 일성 팩토리제 무기와 방어구를 헌터들이 찾게 만드는 요인이 되었다.

그러다 보니 일성 팩토리에서 생산된 물건이 입고가 되면 헌터들은 기본 가격에 프리미엄을 붙여서라도 구입하려고 난리였다.

아무래도 엄청난 고가에 시중에 잘 나오지도 않는 아티팩트나 아이템을 구입하지 못하는 헌터들에게 있어서는 일성 팩토리에서 생산한 무기나 방어구가 최고의 선택이었기 때문이다.

저벅저벅.

한쪽에서 그렇게 일성 팩토리에서 생산된 장비류가 들어왔다고 호객을 하는 상점들로 인해 혼잡해진 상점가를 지나는 일단의 헌터들이 있었다.

검은색으로 통일된 복장의 헌터 수십 명.

그들이 등장한 것을 본 헌터들은 하던 동작을 멈추고 그들을 쳐다보았다.

"언체인 길드다."

"어디?"

통일된 복장을 하고 지나가는 언체인 길드원의 정체를 알고 있던 한 헌터가 소리를 치자, 그 소리를 들은 사람들이 일제히 하던 일을 멈추고 그들을 돌아보았다.

저벅저벅.

하지만 다른 사람들이 자신들을 쳐다보든 말든, 언체인 길드원들은 자신의 목적지를 향해 무심히 걸어갈 뿐이었다.

그렇게 언체인 길드에 소속된 헌터들이 상점가에 나타났다가 사라지기까지 그리 오랜 시간이 흐르지 않았지만, 헌터들의 시선은 사라진 언체인 길드원들의 잔상이라도 보려는지 불타오르는 눈빛으로 그들이 사라진 곳을 쳐다보았다.

"하!"

"와, 진짜 멋있다."

"그러게 무표정하게 걸어가는 그 모습… 언체인 길드는 길드원을 또 안 뽑나?"

언체인 길드원들이 사라진 곳을 쳐다보던 헌터들 중 일부는 그렇게 언체인 길드원들에 대한 동경이나 길드원 모집에 대한 염원을 담아 이야기하기 시작했다.

아닌게 아니라, 대한민국의 헌터에게는 언체인 길드에 대한 내용이 관심사 중 가장 우선 순위였다.

언체인 길드의 길드장이 세계 최고의 헌터인 것은 둘째 치고라도 길드원들에 대한 지원과 복지는 어느 대형 헌터 길드의 것 이상이라 알려져 있었다.

그러다 보니 헌터 꿈나무는 물론이고, 어느 정도 이 생활에 이력이 난 중견 헌터들조차도 모두 언체인 길드를 동경하게 되었다.

하지만 언체인 길드는 신규 길드원을 모집하는 데 엄격한 규정이 있었다.

그것은 바로 인성.

헌터가 되는 모든 것은 기본이 되는 인간성 그것 하나만을 보았다.

사실 언체인 길드의 길드장인 재식의 입장에서 보면 헌터의 능력은 사실 그리 중요하지 않았다.

능력이 조금 떨어지면 아티팩트로 도배하여 무장을 시키면 된다.

재앙급 몬스터를 제외하고는 아티팩트로 무장한 헌터가 사냥을 하는 것에는 그다지 큰 어려움이 없었다.

더욱이 헌터는 단독 사냥을 하는 경우가 거의 없다.

재식 정도의 능력이 있는 것이 아니라면, 헌터는 등급에 상관없이 파티 또는 공대를 꾸려 움직인다.

그렇다 보니 언체인 길드의 입장에서 인성이 그른 불량한 헌터를 굳이 길드원으로 받아들일 이유가 없는 것이다.

물론 다른 헌터 길드야 인성은 어찌되었든 돈을 벌기 위해 강한 전력을 우선하겠지만 말이다.

그러다 보니 언체인 길드는 다른 대형 헌터 길드에 질시를 받고 있기도 했다.

많은 헌터들이 우선 순위로 꼽는 길드가 자신들이 아닌, 어느 날 갑자기 나타난 것처럼 보인 언체인 길드를 선택한 것이다.

하여 예전 성신 길드의 성장을 막은 것처럼 무언가 일을 꾸미려 했지만, 지금은 그럴 수조차 없었다.

시간이 지나고 보니 이제는 감히 쳐다보기도 힘들 정도로 강력해진 탓이었다.

당시와는 다르게 다수의 길드가 단합을 해도 어쩔 수 없는 곳까지 치고 올라간 탓에 그저 질시의 눈으로 지켜볼 수밖에 없었다.

한편, 집결지에 도착한 언체인 길드원들은 삼삼오오 무리를 지어 남양 시가지를 돌아보았다.

아직 집결 시간까진 여유가 있다 보니, 나름대로 관광을 하고 있는 것이었다.

솔직히 언체인 길드원의 경우에는 그동안 길드 산하 개발 지역에 있는 사냥터를 평정하느라 여유가 없었다.

길드의 초창기 멤버들의 경우에는 길드장인 재식과 함께 외국에 파견 다니며, 높은 위험 등급의 몬스터들을 사냥하거나 의뢰를 받아 몬스터 웨이브를 막기 위해 해외에 나가곤 했다.

반면 신규로 모집된 길드원들의 경우에는 북한 지역 중 언체인 길드와 헌터 협회가 손을 잡고 수복한 지역에 있는 몬스터 필드나 던전을 처리하는 곳에 투입되었다.

그러다 보니 다른 대형 길드가 수복하여 개발하고 있는 도시를 구경하는 일이 드물었다.

그런데 이렇게 남양시에 집결하게 되니 집결 시간까지 여유를 가지고 구경을 하려는 것이었다.

하지만 그런 언체인 길드원들의 행동은 금방 시들해졌다.

그도 그럴 것이, 시라고는 하지만 별로 볼 것이 없었기 때문이다.

솔직히 말해서 시라고 부르는 것이 아까울 정도였다.

아무리 몬스터에게서 수복한 지 겨우 2년밖에 되지 않았다고 하지만, 자신이 속한 길드에서 개발한 도시들에 비해서 너무나도 낙후되어 있던 것이다.

더욱이 언체인 길드에서 개발한 도시의 음식점과는 다르게 허름한 음식점에 들어갔다가 이들은 경악을 금치 못했다.

이들이 놀란 것은 다름이 아니라 음식의 가격 때문이었다.

물론, 물자가 부족한 지역이기에 그럴 수 있다고 쳐도 가격에 비해 음식의 퀼리티가 너무나도 떨어졌다.

아무리 돈이 많은 헌터를 상대로 하고, 또 물자가 부족하다고는 하지만 해도 너무할 정도였다.

막말로 같은 시기에 개발이 된 언체인 길드 산하 도시들의 경우에는 모든 것이 저렴하면서도 오히려 퀼리티는 더욱 높았다.

이것은 언체인 길드원들에게만 돌아가는 혜택이 아닌, 그곳을 찾은 모든 헌터들에게 동등하게 돌아가는 혜택이었다.

다만, 언체인 길드원의 경우 자신들의 구역이기에 10% 더 할인을 받는 것뿐이다.

그런데 대형 길드에서 개발한 이곳 남양시는 떨어져도 너무 떨어졌다.

물론 여기에도 약간의 이유가 있기는 했다.

이곳 온성군 일대를 개발하고 있는 현무 길드의 경우에는 다른 대형 길드들에 비해 확실한 약점을 가지고 있었다.

그것은 바로 옛 연변 조선족 자치주 쪽에서 밀려드는 몬스터들로 인해 방벽을 세우고 막아 내는 것에 많은 돈을 들이고 있다는 것이었다.

현무 길드로서는 이를 보충하기 위해 세금을 다른 대형 길드들보다 더 높게 책정을 하였다.

그러다 보니 남양시는 물론이고, 현무 길드가 개발하고 있는 지역은 세금이 높기로 유명했다.

그럼에도 헌터들이 이곳을 찾는 이유는 별다른 이유가 아니었다.

방벽을 넘기 위해 몰려드는 몬스터들을 사냥하기 위해서.

아이러니하게도 이곳 남양시로 몰려드는 몬스터는 등급에 비해 사냥하기가 상대적으로 쉬운 몬스터였다.

그 탓에 높은 세금에도 불구하고, 몬스터에게서 나온 마정석과 부산물의 가격이 높아 세금을 내더라도 더욱 큰 이득을 볼 수 있었다.

그러니 현무 길드에서도 이렇게 다른 지역보다 높은 세금을 매기고도 배짱을 부릴 수 있는 것이기도 했다.

다만, 언체인 길드원들에게는 일반 헌터들과 다르게 전용 사냥터나 마찬가지인 곳들이 있었다.

그러다 보니 굳이 위험하게 방벽 너머로 넘어가 몬스터를 사냥할 필요성을 느끼지 못하기에 아직까지 남양시의 분위기를 이해하지 못할 뿐이었다.

"여긴 시라는데 뭐가 이리 볼 것이 없냐?"

"그러게 말입니다."

"볼 것은 물론이고, 다른 것도 다 형편없어!"

"맞아! 음식도 맛에 비해 너무 비싸!"

옹기종기 모여 있던 언체인 길드원들이 하나둘 자기들끼리 남양시를 돌아본 소감을 이야기했다.

대체로 그들의 이야기는 개발을 시작한 지 2년이 지났음에도 도시로서 볼거리도, 즐길 거리도, 심지어 인간으로서 기본 욕구 중 하나인 식욕을 채워 주는 음식조차 부족했다.

분명 헌터들을 상대로 하는 음식점임에도 불구하고, 비싼 가격에 비해 퀄리티가 너무나도 떨어졌다.

서울의 6성급은 아니더라도 5성급 일류 호텔 산하 음식점에 버금가는 가격을 받으면서도 맛은 겨우 길거리 음식점 수준인 것이었다.

"차라리 엘칸트라에서 파는 도시락을 먹는 것이 훨씬 맛있을 거야."

이야기를 하던 중 누군가 언체인 길드 산하 음식점 브랜드인 엘칸트라를 언급했다.

엘칸트라는 재식이 기억하는 칸트라 차원의 요리들 중 몇 가지를 구현하여 만든 레스토랑이었다.

재식은 언체인 길드를 단순한 헌터 길드로 생각지 않았다.

물론 언체인 길드는 강력한 무력을 지닌 헌터들이 소속된 헌터 길드인 건 맞다.

하지만 헌터들이 언제까지나 강력한 무력을 가지고 평생을 살 수 있는 것은 아니었다.

그렇기 때문에 언체인 길드에 소속된 헌터들도 언젠가는 헌터로서 지위를 내려놓고 은퇴를 해야 할 시기가 올 것이다.

현역 시절에 많은 돈을 벌고 저축한 것이 아니라면, 노후에 고생을 할 수도 있었다.

가난한 사람은 더욱 가난해져도 충분히 적응할 수 있지만, 부자인 사람은 몇몇 소수를 빼고는 상황에 적응을 하지 못하고 극단적인 선택을 하는 경우가 대부분이다.

그렇기에 재식은 혹시라도 은퇴한 길드원 중 그런 처지에 놓일 수 있는 길드원이 생기지 않게 길드에서 많은 사업을 벌였다.

그중 하나가 바로 헌터들에게 큰 도움이 되는 아이템 사업이었다.

마치 벤처기업이 상장을 하기 전 고생한 직원들에게 자사

주의 일부 나눠 주는 것처럼, 재식은 길드가 벌어들인 수익 중 일부로 부대사업을 벌이면서 그곳에서 발생하는 일정 수익을 길드원들에게 배당금 형식으로 나눠 주고 있었다.

그리고 또다시 수익의 일부를 다른 사업에 투자하며, 그곳에서 발생하는 수익의 일부를 돌려주었다.

그러는 한편에도 일부는 다른 사업을 꾸준히 하고 있는 중이었다.

그중에는 아티팩트 사업도 있었고, 조금 전 길드원이 언급한 엘칸트라라는 레스토랑도 있었다.

초창기 엘칸트라는 서울에서 단 한 곳이 문을 열었는데, 너무나도 특이한 모양의 요리다 보니 그리 인기가 있지는 않았다.

하지만 언체인 길드원들은 물론이고, 그들의 가족은 복지 혜택으로 인해 많이 찾게 되었다.

뿐만 아니라 재식과 인연이 있는 헌터 협회장인 김중배와 협회의 간부들, 그리고 재식과 어떻게든 선을 대고 싶은 많은 사람들이 엘칸트라를 찾았다.

하지만 그러한 것만으로는 엄청난 성공을 거둘 수 없을 터였다.

제일 중요한 건 음식이 맛이 있었고, 그곳에서 음식을 먹어 본 뒤 그 진가를 알게 되면서 사람들의 입소문을 타게 되면서 큰 수입을 얻게 되었다.

그리고 이렇게 입소문을 타며 인기를 얻게 된 엘칸트라는 언체인 길드가 수복한 북한 지역이 개발되면서 빠르게 퍼져 나갔다.

다른 요식업체들이 들어오기도 전에 개발되는 지역의 중심가에 자리를 잡다 보니, 이곳을 찾는 사람들의 발걸음이 가장 먼저 엘칸트라로 향하게 되었다.

또한 그렇게 개발이 완료된 뒤로 많은 요식업체들이 새로운 시장을 개척하기 위해 속속 들어선 뒤에도 가장 인기가 있는 음식점이 되었다.

더욱이 일류 음식점으로 명성이 올라갔음에도 엘칸트라는 단순하게 그 명성에 머물지 않고 여러 시도를 하였는데, 자신들을 가장 많이 찾는 사람들인 헌터들을 위해 여러 가지 편의를 제공한 것이다.

그중 하나가 바로 도시락 서비스였다.

헌터는 그 이름에서도 알 수 있듯 무척이나 위험한 직업이다.

한순간의 실수나 판단 미스에도 자신의 목숨이나 혹은 동료의 목숨을 잃을 수도 있었다.

그러다 보니 그 스트레스는 이루 말할 수 없이 고되었다.

그렇기 때문에 헌터들은 수시로 그러한 스트레스를 해소시켜 줘야 하는데, 개중에는 먹는 것으로 스트레스를 풀기도 했다.

실제로도 맛있는 것을 먹음으로써 스트레스가 해소된다는 연구 결과가 있다.

그래서 엘칸트라에서는 헌터가 요청하면 원하는 요리를 도시락으로 만들어 판매하는 서비스를 하고 있었다.

물론 식당에서 바로 먹는 것이 가장 맛있게 먹는 것이기는 하지만, 도시락이라고 해도 맛의 퀄리티가 크게 떨어지는 것도 아니었다.

그러한 탓에 언체인 길드의 헌터는 물론이고, 엘칸트라가 자리하고 있는 지역에서 활동하는 헌터들이 많이 이용하는 서비스가 되었다.

"그러게 그냥 엘칸트라에서 도시락을 공수하는 것이 더 좋을 뻔했어."

한 명의 헌터가 말을 꺼내자 또 다른 헌터가 이에 동조하였다.

"야, 말로만 그럴 것이 아니라 조장에게 이야기해서 공수하는 것이 어때?"

옆에서 조용히 듣고 있던 다른 헌터는 눈을 반짝이며 자신의 의견을 내비쳤다.

"어? 그러면 되겠네!"

"조금 뒤면 집결인데 그게 가능하겠냐?"

다른 헌터들이 동조를 하던 중 한 사람이 부정적인 의견을 내놓았다.

그도 그럴 것이, 얼마 있지 않으면 길드에서 내려온 집결 시간이기 때문이었다.

"아, 아깝다. 진즉 생각해 내면 좋았을 텐데."

정말로 아깝다는 듯 그 헌터는 미간을 찌푸리며 그렇게 중얼거렸다.

"집합!"

그렇게 한창 떠들고 있을 때, 저 멀리서 공대장이 헌터들을 부르는 소리가 들렸다.

그에 잡담을 멈춘 언체인 길드 소속 헌터들이 그곳으로 몰려들었다.

2. 치치하얼 확보

두드드드!

수백 대의 차량이 먼지를 풀풀 날리며 메마른 대지를 달리고 있었다.

그런 이들의 앞에는 수백 마리의 몬스터들이 정신없이 도망치고 있었다.

그런데 이 장면을 지나가던 헌터가 본다면 무언가 이상하다고 생각할 만큼 흔하지 않은 일이었다.

보통의 몬스터는 이 정도 숫자가 모이게 되면 도망을 치기보다는 일단 싸움을 하고 보는 것이 보통이었다.

한데 지금 보이는 몬스터들은 어찌된 영문인지 뒤도 돌아보지 않고 마치 천적이 쫓아오는 듯 필사적으로 도망을 치고 있었다.

부우웅!

— 야! 간격 유지해!

마치 학익진을 펼치듯 넓게 퍼져 몬스터 무리를 몰이하고 있는 차량 중, 가운데에 있는 3열에서 터져 나온 목소리였다.

그 차량의 지붕에는 스피커가 설치되어 있었고, 그걸 통해 끊임없이 지시를 내렸다.

지휘 차량에서 그렇게 지시하자, 달리고 있던 차량 중 일부가 속도를 조절하는 것이 보였다.

현재 수백이나 되는 몬스터 무리를 몰이하고 있는 이들은 모두 언체인 길드에서 나온 헌터들이었다.

온성군 남양시에 집결한 이들은 길드에서 세운 작전대로 두만강을 건너 연변을 거쳐 1차 목적지인 장춘으로 가는 중이다.

그렇게 장춘으로 가는 도중 이들은 중간에 만난 몬스터를 몰아 목적지로 인도하였다.

이들이 이렇게 몬스터 몰이를 하는 이유는 따로 있었다.

다름이 아니라 현재 이들이 하는 일은 대륙간 이동이 가능한 던전까지 가는 길을 뚫는 것이었고, 그 던전은 미국의

리오그란데 강어귀에 있는 R—05 던전과 연결된 치치하얼에 위치해 있었다.

즉, 안전한 통로를 개척하기 위해 그 중간에 있는 몬스터의 숫자를 줄이려 이런 일을 하는 것이었다.

물론 이렇게 한다고 해서 완벽히 해결되는 것은 아니었다.

다음에 이 길을 통해 던전을 향할 때 몬스터가 나타나지 않는 안전한 길이란 보장은 없었다.

아니, 며칠은 몬스터가 없는 안전한 길이 될 것이었지만, 그것도 잠시 시간이 조금만 흐르면 또 인근에서 밀려온 몬스터로 뒤덮일 것이다.

하지만 그런 것은 상관이 없었다.

몬스터가 아무리 짐승들처럼 본능에 충실한 놈들이기는 해도 지능이 아예 없는 것은 아니었다.

이런 식으로 몇 차례 반복하게 되면 몬스터도 이 지역이 위험 구역임을 인식하게 되고, 다시 찾아오지 않을 것이다.

물론 예외는 있었다.

3~4등급 몬스터들은 언체인 길드의 계획대로 몇 차례 반복 소탕을 하면 예상대로 사라지거나 아니면 소규모 무리만이 남을 것이다.

하지만 5등급 이상의 몬스터는 그렇지 않을 것이 분명

하였다.

그렇지만 5등급 몬스터가 자리를 잡는다고 해도 크게 걱정할 것은 못 되었다.

그도 그럴 것이, 5등급 이상의 몬스터는 그 숫자도 그리 많지 않을뿐더러 재앙급 몬스터가 아닌 이상 이제는 한국의 헌터들이라면 충분히 사냥이 가능했다.

아니, 기존의 재앙급으로 분류된 몬스터 정도라면 예전처럼 헌터 동원령을 발령하지 않고도 레이드가 가능할 지경에 이르렀다.

그 이유는 헌터 협회를 통해 재식이 판매한 아티팩트와 아이템이 상당량 헌터들에게 풀렸기 때문이다.

그러한 이유로 대한민국 헌터들의 수준은 몇 년 전과는 확연하게 달라져 있었다.

굳이 S등급 헌터가 없더라도 아티팩트나 아이템을 보유한 고위 헌터 다수가 체계적으로 레이드를 한다면, 아무리 재앙급 몬스터라도 큰 피해 없이 상대가 가능할 정도였다.

다만, 그러한 결과를 얻기 위해선 다른 변수가 작용을 하지 않는다는 전제가 따르겠지만 말이다.

하나 변수 또한 다수의 헌터가 동원이 되면 더욱 쉽게 통제가 가능한 문제였다.

그렇기에 재식은 치치하얼에 있는 던전까지의 안전한

통로를 확보하는 일을 협회와 협의를 거치는 한편, 언체인 길드와 헌터 협회 직할대가 맡는 것으로 계획을 세웠다.

그렇게 치치하얼 던전까지의 통로 개척을 길드원과 헌터 협회에 믿고 맡겼다.

한편, 재식은 정예 길드원 100명을 대동한 채 치치하얼에 있는 던전 주변을 확보하기로 하였다.

재식이 이렇게 계획을 세운 이유는 미국에서의 일을 겪어 봤기 때문이다.

당시 유럽에 있던 던전의 몬스터들이 미국에 나타난 사건이 바로 그것이었다.

그때와 같이 미국의 R—05 던전에서 빠져나온 몬스터들이 치치하얼 던전 주변에 있을 가능성도 있다는 판단이 여러 사람의 중론이었다.

비록 던전에서 나온 몬스터들이 5~6등급 몬스터라고는 하지만, 그 숫자가 얼마나 될지 알 수가 없었다.

때문에 상대적으로 위험 등급이 낮은 몬스터들이 다수 존재하는 개척로는 정예를 제외한 언체인 길드원과 헌터 협회의 직속 헌터들이 함께 맡게 된 것이었다.

다만, 이 일은 단시일 내에 끝맺을 수 있는 일이 아니었다.

그러다 보니 주기적으로 개척로 안정화를 위해 꾸준히 몬스터 청소를 해 줘야 하는 것은 물론이고, 개척로 인근에 있는 몬스터가 몰려들지 못하게 틈틈이 청소를 해 줘야만 한다.

이렇게 주변 청소를 넓혀 가다 보면 원 계획대로 헤이룽 장성이나 지린성 정도는 확보할 수 있게 될 것이다.

물론 그것은 중국이 헌터 전력을 성장시켜 동북 3성에 진출하지 않는다는 전제하에서의 일이다.

하지만 말 그대로 중국에 아주 특별한 변화가 없지 않는 이상 그럴 일은 없을 것이다.

그리고 재식은 그런 변수를 만들지 않기 위해 자신이 만든 아티팩트 경매에 중국이나 일본 정부의 참여를 허락하지 않고 있었다.

다만, 어쩐 일인지 그럼에도 중국 정부는 물론이고, 일본 정부 또한 처음 한두 번만 세계 헌터 협회를 통해 불만을 표출했을 뿐, 그 외의 어떠한 항의도 하지 않고 있어 의문인 상태였다.

그 때문에 잠깐 신경이 쓰이기는 했지만, 재식이나 대한민국의 헌터 협회장인 김중배마저도 중요한 일은 중국이나 일본의 일이 아니라는 생각을 가지고 있었다.

지금 당장 중요한 것은, 그야말로 몬스터 소굴이나 마찬가지인 지역을 자신들만의 힘으로 개척해야만 한다는 것이다.

던전이 있는 치치하얼이야 미국과 영국, 그리고 독일의 최정예 헌터들이 도움을 줄 터였다.

하지만 그 아래는 전적으로 대한민국의 힘으로 개척해야만 했다.

이렇게 결정된 것은 4개국 정상 회담에서 나온 조건이기 때문이다.

미국이나 영국, 그리고 독일의 입장에선 부족한 식량 자원을 확보할 수 있는 남미와 연결된 던전을 우선적으로 개척하고 싶어 했다.

하지만 던전 개척에 중요한 역할을 하는 재식과 언체인 길드의 헌터들의 요구로 한국과 가까이에 위치한 치치하얼에 있는 던전을 먼저 연결하기로 한 것이다.

이 때문에 어쩔 수 없이 미국과 영국, 그리고 독일 3개국 정상들은 조건을 하나 내밀었다.

바로 치치하얼 이하에 있는 지역은 한국에서 맡기로 하는 것.

이는 다른 던전들과 다르게 치치하얼과 대한민국의 영토는 한참이나 떨어져 있었기 때문이었다.

아무래도 다른 여러 대륙과 연결된 던전들의 개척도 남아 있는 상태인 탓에 굳이 한국의 안전을 위해서 장기간 자국의 최정예 헌터 전력을 낭비할 수 없다는 명분이었다.

사실 이러한 조건을 건 이유는 한국이 치치하얼의 던전을 포기하기 바라서였다.

이렇게 하면 한국에서 양보할 줄 알았지만, 재식이나 한국의 헌터 협회는 물론이고, 대한민국 정부 또한 이미 한 번 몬스터에게 빼앗긴 국토를 수복한 경험이 있다 보니 이런 3개국 정상들의 조건을 너무나 당당하게 수락하였다.

이런 배짱을 부릴 수 있는 것은 전적으로 헌터 협회를 통해 풀린 아티팩트와 아이템 때문이었다.

이 둘로 인해 대한민국 헌터 전력의 수준이 몇 단계나 상승하였다.

이전에는 4등급 이상의 몬스터에게는 다수의 헌터가 무리지어 사냥을 해야만 했다.

이는 동 등급의 헌터라도 마찬가지였다.

하지만 재식으로 인해 아이템이 보급되는 한편, 또 간혹 아티팩트를 구입한 헌터가 늘어나기도 하면서 상황이 바뀌었다.

이제는 4등급 몬스터까지는 굳이 여러 명의 헌터가 모이지 않더라도 아티팩트나 아이템을 보유한 4등급 헌터라면, 충분히 일대일 전투가 가능해졌다.

즉, 한국에서는 헌터 등급이 동급의 위험 등급 몬스터에게 대미지를 줄 수 있는 것이 아닌, 사냥이 가능한 등급이 된 것이다.

그로 인해 5등급 이상의 몬스터라면 아티팩트나 아이템을 보유한 다수의 헌터 파티나 공대로도 레이드가 가능해졌다.

그러다 보니 그런 어려운 조건에도 받아들일 수 있는 것이었다.

그리고 이런 한국 정상의 자신감에 진의를 알지 못하는 그렌트 대통령이나 제임스 케리건 총리 등은 당혹할 수밖에 없었다.

일부러 어려운 조건을 걸어 양보를 하게 만들 심산으로 이야기를 한 것인데 이를 한국의 대통령이 진심으로 받아들인 탓이었다.

처음에는 당혹한 기분이 든 그렌트 대통령이었지만, 곰곰이 생각해 보니 그게 나쁜 일만은 아니란 생각을 가지게 되었다.

그도 그럴 것이, 한국의 식량 사정이 남미처럼 풍부하진 않지만, 북한 지역을 수복하기 전부터 한국은 식량 자급률이 상당히 높은 편이었다.

그런데 국토 수복 계획을 통해 남한 지역과 비슷한 크기의 땅을 수복한 한국이다.

더욱이 북한 지역을 개발하면서 많은 지역을 통해 식량을 생산할 수 있게 조성하기까지 하였다.

그러다 보니 충분하지는 않지만, 그곳에서 생산하는 식량도 미국이나 영국 등 식량 수입을 원하는 나라에게는 나쁠 것이 없었다.

그런 생각을 하다 보니 그렌트 대통령은 뒤늦게나마 한국에 적극적인 지지를 표했다.

물론 지지란 것이 기존 조건을 완화해 준다는 것도 아니고, 겨우 응원 정도였지만 말이다.

어쨌든 그런 이유로 재식은 일반 길드원들과 떨어져 던져 주변을 정리하는 일로 정신이 없을 지경이었다.

*　　　*　　　*

한때는 융성하던 도시인 치치하얼.

하지만 대격변 이후, 도시는 멸망하고 폐허만이 남게 되었다.

그런 폐허에 오랜만에 다수의 인간이 찾아왔다.

"후, 아무것도 없네."

예전 도시의 흔적이 일부나마 남아 있는 치치하얼의 모습을 보던 최수형이 중얼거렸다.

"그렇게나 말이다."

확실히 인간의 손길을 받지 못한 인공 구조물들은 굳이 몬스터가 아니더라도 오래 시간을 버티지 못하고 무너져 내렸다.

"일단 주변을 정리하기 전에 우리가 쉴 공간을 확보해야
하니 주변을 청소한다."

재식은 잠시 최수형과 주변을 돌아보며 이야기를 하다가
이내 뒤에 있는 헌터들을 향해 낮은 목소리로 지시를 내렸
다.

그곳에는 언체인 길드의 정예 100명뿐만 아니라 미국과
영국, 그리고 독일에서 온 로열 가드나 슈타예거 등도 포함
되어 있었다.

"예 썰!"

재식의 지시에 독일에서 온 슈타예거는 물론이고, 로열
가드와 미국에서 온 헌터들도 아무런 불만 없이 뒤따랐
다.

최고의 위치에 있는 헌터들이었지만, 이들은 아무런 불만
이 없었다.

그도 그럴 것이, 재식은 누구나 인정하는 세계 최고의 헌
터였다.

또 지난 몇 달간 함께 생활하면서 재식이 비록 나이는 자
신들보다 훨씬 어린 젊은 청년이지만, 지도자로서 갖춰야
할 모든 덕목을 확실하게 가지고 있음을 알아차릴 수 있었
다.

더욱이 가장 위험한 곳에는 언제나 그가 있었고, 또 어떤

상황에서도 당황하지 않고 침착하게 대응하면서 헌터들의 피해를 최소한으로 줄였다.

그 때문에 재앙급 몬스터 웨이브에서도 별다른 피해 없이 맡은 지역에서 혁혁한 공을 세운 것은 물론이고, 많은 헌터들을 구하기도 했다.

뿐만 아니라 영국의 의뢰를 받아 던전을 탐사하면서도 세계 최고라 평가를 받고 있던 로열 가드와 슈타예거 전대, 그리고 두 명의 S등급 헌터가 하지 못한 일을 완벽하게 수행하였다.

게다가 미국의 의뢰까지 연계로 수행을 하면서도 아무런 피해 없이 모든 의뢰를 마쳤다.

그리고 지금 그 의뢰의 연장선상에서 이제는 인류의 위기 중 하나인 식량난을 극복하기 위해 4개국이 손을 잡은 상황에서 이들 나라를 대표하는 헌터들을 지휘하고 있었다.

이미 전례가 있기에 각국에서 파견된 헌터들은 프로젝트의 지휘자인 재식의 지시를 아무런 의심 없이 수행할 수 있었다.

그것도 폐허가 된 지역을 청소하라는 지시였음에도 말이다.

자신의 지시로 헌터들이 폐허가 된 지역에 들어가 자신들이 생활할 수 있는 공간을 마련하기 위해 청소를 하고 있을 때, 재식은 그들과 따로 움직였다.

그들이 할 수 있는 일이 있고, 또 자신이 해야 할 일이 따로 있었기 때문이다.

저벅저벅.

헌터들과 어느 정도 떨어진 재식은 치치하얼을 통과하는 눈강(嫩江)에 다가갔다.

그리고 조용히 자신과 계약한 물의 최상급 정령 슈마리온과 땅의 최상급 정령인 다리오를 소환하였다.

"나의 친구 슈마리온, 다리오 나와 줘."

너무나도 성의 없는 부름이었다.

하지만 재식과 영혼의 계약을 한 물이 최상급 정령 슈마리온과 땅의 최상급 정령인 다리오는 재식의 부름에 응해 주었다.

[오랜만에 우릴 소환하였군.]

[재식, 오랜만이야.]

슈마리온과 다리오는 나타나기 무섭게 오랜만에 자신들을 찾은 재식에게 투정을 부리듯 인사를 하였다.

[지구는 우리의 고향인 칸트라와는 다르지만, 이제는 새로운 고향이 되었으니 많은 것을 알고 싶다. 그러니 자주 좀 소환해 주길 바란다.]

의뢰로 바쁘게 움직이다 보니, 한가롭게 정령들을 소환할 틈이 없던 재식은 오랜만에 자신의 소환에 투정을 부리는 두 최상급 정령을 보며 작게 미소를 지었다.

"알겠어. 앞으로 자주 불러 줄게."

[그래. 그렇다면 고맙군. 그런데 무슨 일로 우릴 부른 것이지?]

과묵한 성격의 다리오보단 그런대로 사교적인 슈마리온이 재식에게 물었다.

"응. 다름이 아니라 둘에게 부탁할 것이 있어서 불렀어."

[부탁? 어떤 부탁인가?]

슈마리온은 재식의 말에 의문이 가득 담긴 얼굴로 상체를 기울이며 물었다.

그런 슈마리온의 모습에 재식은 다시 한번 미소를 지어보이며 이야기를 하였다.

"지금 저기 있는 폐허를 두를 정도의 벽과 그 주변을 보호할 해자가 필요해."

재식은 헌터들이 치우고 있는 치치하얼의 폐허를 가리키며 그렇게 이야기하였다.

[이곳의 크기가 작지 않다. 그 탓에 높은 벽과 해자를 만들기 위해선 많은 힘이 필요한데 괜찮겠나?]

"괜찮아!"

[그렇다면 알겠다.]

[그럼 나부터 하기로 하지.]

슈마리온에 이어 대지의 정령인 다리오가 우선 힘을 쓰기로 하였다.

　성벽을 보호할 해자에 물을 채우기 전 성벽과 해자를 만들어야 하니, 대지의 정령인 다리오가 먼저 나선 것이다.

　드드드득!

　대지의 최상급 정령이 힘을 쓰자, 폐허가 된 치치하얼의 외곽으로 10m 높이의 두꺼운 벽이 생성되었고, 해자가 깊게 파였다.

　본격적인 개발이 이뤄지기 전에 헌터나 나중에 이곳에 올 인부들을 보호하기 위한 방벽이 단번에 만들어진 것이다.

　비록 흙으로 된 토벽이기는 하지만, 대지의 최상급 정령이 만든 것이라 돌에 버금갈 정도의 단단함을 가지고 있었다.

　슈슈슈슈!

　다리오에 의해 토벽이 만들어지자, 이번에는 최상급 물의 정령인 슈마리온에 의해 토벽 바깥으로 너비 20m의 커다란 해자에 물을 가득 채웠다.

　그런데 이 해자의 너비도 너비지만, 깊이 또한 일반적인 해자의 깊이보다 훨씬 깊은 20m나 되었다.

줄리안 뮬러.

홍켈 슈미트의 직속 전대인 제3전대에 결원이 생겨 새롭게 충원된 23살의 장래가 촉망되는 헌터다.

슈타예거 내에서는 어쩌면 홍켈 슈미츠에 이어 또 다른 S등급 헌터가 탄생할지도 모른다고 할 정도로 그 자질이 우수했다.

한데 본인 또한 자신의 재능에 자만하지 않고 꾸준히 노력을 하고 있기까지 했다.

특히나 줄리안은 평소에도 홍켈 슈미츠를 존경하고 있었다.

그 이유는 바로 헌터의 정점이라 할 수 있는 S등급의 헌터이면서도 전혀 그것을 드러내지 않고, 언제나 가장 위험한 곳에서 솔선수범을 보이는 홍켈 슈미츠가 멋있어 보였기 때문이다.

어려서부터 동화 속, 기사 이야기에 로망을 가지고 있는 줄리안이었다.

몬스터들로부터 국민을 지키고 국민들의 열렬한 지지를 받으면서도 절대 그것을 뽐내지 않는 홍켈의 모습은 줄리안이 생각하는 이상향이었다.

그렇기에 슈타예거의 예비대에 있을 때에 슈타예거의 마

스터인 발터 슈미츠가 있는 제1전대에 들어갈 기회가 있음에도 불구하고, 이를 거부하였다.

그러다 흥켈 슈미츠가 전대장으로 있는 제3전대에 결원이 생기자 가장 먼저 그곳에 지원하였다.

그렇게 제3전대에 들어온 줄리안 뮬러는 그동안 자신이 얼마나 자만하고 있었는지를 깨달았다.

그동안 줄리안은 20대 초반에 벌써 6등급 헌터에 오른 자신이 뛰어난 헌터라고 생각했다.

비록 세계 최고가 아닐지라도 상위 0.1% 내는 될 것이라 자신했다.

하지만 그런 자신감은 얼마가지 못했다.

자신이 원하던 제3전대에 들어갈 수 있는 기회를 제공한 던전의 일로 영국과 독일 정부가 아시아에 있는 한국이란 나라에 지원을 요청했다는 것을 듣고는 처음에는 황당한 생각이 들었다.

그 때문에 한국에서 온 언체인 길드와는 처음부터 기싸움을 벌이기도 했다.

특히나 자신과 비슷한 또래로 보이는 이들이 다수 포함된 것을 보며 은근 그들과 비교를 하기도 했다.

그런데 함께 던전에 들어가면서 그동안 줄리안이 가진 자부심은 무너지고 말았다.

못해도 상위 0.1%는 될 것이라 생각한 자신의 자질이 그렇게 대단한 것이 아니라고 느끼기까지 그리 오래 걸리지 않았다.

언체인 길드에 소속된 10여 명의 젊은 헌터들이 던전 내에서 보여 준 실력은 상상 이상이었다.

무려 5등급 엘리트 몬스터를 상대로 겨우 세 명이서 사냥을 하는데, 그리 오랜 시간이 걸리지도 않았다.

과장을 조금 보태서 조금 무리한다면 혼자서도 잡을 수 있을 것 같았다.

그만큼 그들의 전투력은 너무나도 뛰어났고, 서로 간의 연계도 너무나도 유기적이라 마치 컴퓨터 시뮬레이션을 보는 것 같이 완벽했다.

그 뒤로 그들에 대해 자세히 알아보게 되었는데, 역시나 그들은 자신의 상상을 뛰어넘는 사람들이었다.

자신보다 두세 살 더 많은 사람들이란 것을 들었을 때는 아시아인들이 보기보다 동안이란 소리를 들었기에 그러려니 했다.

하지만 겨우 두세 살의 나이 차이에도 불구하고, 그들이 헌터가 된 것은 자신과 그리 차이가 없었다.

그럼에도 그들은 자신보다 훨씬 뛰어난 헌터란 것을 알게 되면서 줄리안은 자신의 우상인 흥켈 슈미츠 외에도 자신의 롤 모델이 될 수 있는 사람들을 발견했다며 기뻐하였다.

아니, 흉켈 슈미츠의 경우에는 너무나도 높은 경지에 있어 사실 막연한 동경이었는데, 자신과 비슷한 또래에 자신보다 높은 경지에 있는 다수의 이들을 알게 되자 그동안 막연한 무언가가 잡힐 듯한 느낌이 들었다.

그 뒤로 줄리안은 그들과 가까워지기 위해 노력을 하였다.

프로젝트의 단장이 던전 입구 주변을 정리하라고 할 때도 그들과 가까이서 작업하면서 그들을 관찰했다.

그런데 이상한 일이 발생하였다.

분명 사전에 주변에 아무 것도 없다는 정보를 들었는데, 느닷없이 주변의 땅이 울리면 변괴가 발생한 것이다.

'뭐야! 무슨 일이 벌어진 거야!'

줄리안은 땅의 울림에 놀라 중심을 잡으며 주변을 둘러보았다.

아나나 다를까 조금 전까지만 해도 도시의 잔해만 있던 도시 외곽에 높은 벽이 쳐져 있었다.

이에 놀란 줄리안은 바로 다른 사람들에게 경고를 하기 위해 헌터 브레슬릿의 통신 장치를 들었다.

하지만 그보다 먼저 헌터 브레슬릿에서 통신이 들려왔다.

— 너무 놀라지 마라. 마스터 정이 우리들의 안전을 위해 능력을 사용한 것이다.

느닷없이 땅이 일어나더니 높은 벽이 세워졌다.

물론 땅을 일으켜 벽을 만드는 헌터도 찾아보면 꽤 있었다.

그리고 그런 사람 중 몬스터의 공격을 막아 낼 수 있는 높은 경지에 이른 헌터도 있다고 알려졌다.

하지만 지금 그가 보고 있는 것 같은 엄청난 규모의 벽을 일으켜 세운다는 이야기는 들어보지 못했다.

그도 그럴 것이, 지금 줄리안의 눈에 보이는 토벽은 엄청난 규모였다.

높이 10m는 되어 보이는 흙으로 된 벽이 그의 시선의 끝까지 쭉 이어져 있었다.

이는 그냥 벽이 아닌, 마치 흙으로 된 성채를 보는 것 같았다.

'아무리 세계 최강의 헌터라지만, 마스터 정의 능력은 우리의 상상을 뛰어넘는구나!'

통신을 듣고 방금 벌어진 이변이 한 사람의 능력이란 것을 깨달은 줄리안은 놀라움을 감추지 못하고 그렇게 재식이 일으킨 기적을 가만히 쳐다보았다.

사실 이것은 재식의 능력이라기보다는 대지의 최상급 정령인 다리오의 능력이었다.

재식은 그저 다리오가 능력을 발휘할 수 있게 본인이 가지고 있는 힘 중 일부를 공급해 준 것 뿐이었다.

뭐 그것이 재식의 능력이라 말을 할 수도 있겠지만, 재식은 그렇게 생각지 않고 계속해서 다른 일을 도모하기 위해 능력을 개방하고 있을 뿐이었다.

드드드드!

토벽에 이어 또 다른 소음이 들리자, 줄리안은 더 이상 참지 못하고 소음이 들리는 밖을 보기 위해 10m 높이의 토벽 위로 올랐다.

10m 높이의 토벽은 역시나 예상대로 성벽을 연상시킬 정도로 두터웠다.

그런데 더욱 그런 생각을 하게끔 하는 것이 있었다.

그것은 바로 토벽에서 5m 정도 떨어진 곳에 해자가 만들어졌고, 그곳에는 치치하얼을 지나는 눈강의 물길이 토벽을 두르며 흐르고 있었기 때문이다.

조금 전 자신들이 이곳에 도착할 때까지만 해도 눈강의 흐름은 이렇지 않았다.

하지만 지금은 마치 원래 그런 것처럼 토벽을 조금 떨어져 해자가 형성되어 있었다.

더욱이 해자의 넓이는 무척이나 넓어 웬만한 대형의 몬스터가 침입을 하더라도 충분히 막아 낼 수 있을 정도로 넓었다.

또한 해자에 담긴 물의 색만 봐도 해자의 깊이가 결코 옅지 않음을 알 수 있었다.

'대, 대단하다!'

지금 만들어진 성벽과 해자만 해도 인간이 현대 기술로 만들려면 엄청난 장비와 시간이 필요할 정도로 대단위 토목 공사였다.

그런데 이번 프로젝트의 총괄 책임자인 재식은 헌터들이 임시 거처를 마련하기 위해 주변을 정리하는 그 아주 짧은 순간에 만들어 냈다.

만약 이러한 사실을 독일로 돌아가 다른 동료들에게 이야기한다면 아마도 그들은 자신을 거짓말쟁이 내지는 허풍이 심하다고 말을 할지도 몰랐다.

하지만 이것은 엄연한 사실.

도저히 눈으로 보고도 믿기 힘들 정도의 기적을 지금 보고 있는 것이었다.

'마스터 정은 단순히 무력이 강한 헌터가 아니구나. 현실적이지 않군.'

줄리안은 남들이 재식을 세계 최강의 헌터라 떠들 때, 그 말을 제대로 믿지 않았다.

다만, 자신의 우상인 흉켈 슈미츠나 전단장인 발터 슈미츠 등을 최고의 헌터라 한 것처럼 그저 단순히 단어만 바꿔 이야기한 것이라 생각했다.

하지만 이제야 '세계 최강'이라는 뜻을 확실히 알 수

있었다.

'이런 이유에서였구나.'

그리고 이런 생각을 하는 것은 비단 줄리안뿐만이 아니었다.

이미 몇 차례 이와 비슷한 장면을 목격한 적이 있는 언체인 길드의 헌터들을 제외하고, 미국이나 영국의 헌터들은 방금 전 줄리안과 비슷한 생각을 하였다.

특히나 미국에서 온 휴고 베르트랑은 놀람을 넘어 경악을 금치 못했다.

솔직히 재식이 미국에서 재앙급 몬스터 웨이브를 막는 데 혁혁한 공을 세우고, 또 2차 재앙이 되었을지도 모를 몬스터 사태에 도움을 준 것에 감사하는 마음을 가지고 있는 건 맞았다.

그래서 세계 최강의 헌터란 수식어를 부르는 데 주저함이 없었다.

다만, 그렇게 재식을 지칭하면서도 같은 S등급 헌터이니, 자신과 그렇게 큰 차이가 나지 않을 것이라 생각했다.

그도 그럴 것이, 재식이 S등급 헌터의 지위에 오른 것은 몇 년 되지 않았다.

그러다 보니 헌터의 자질에 따라 전투력이 차이를 보일 수 있었다.

하여 비록 자신보다 늦게 S등급에 오르긴 했지만, 재식의 자질이 우수해 빠르게 강해졌을 것이라 판단한 것이다.

그러니 자신을 추월했다고 해도 그 차이는 그리 많지 않을 것으로 예상을 해 왔다.

한데 조금 전 통신을 듣고, 또 눈으로 확인한 재식이 벌인 일을 보며 그런 자신의 생각이 얼마나 부질없는 비교였는지를 깨달았다.

'이거 생각보다 일이 금방 끝날 것 같은데?'

휴고 베르트랑은 자신의 상상을 초월한 재식의 능력을 눈으로 확인하고는 그런 생각을 하였다.

솔직히 이번 의뢰는 자신이나 길드에 큰 이득을 가져다주지는 않는 일이었다.

다만, 댈러스와 인근 지역에서만 활동하는 자신이나 길드가 세계에서 이름을 날리는 헌터 길드나 헌터들과 안면을 익힐 수 있는 자리라는 생각에 참여한 것이었다.

물론 정부에서 프로젝트가 끝난 뒤에 어느 정도 자신의 길드에 편의를 봐 주겠다는 약속을 한 것도 있기는 하였다.

그러한 이유로 약간의 이득을 포기한 대신 인맥을 얻을 수 있다고 생각해 참여한 것이다.

그런데 프로젝트의 책임을 맡은 재식의 능력이 그가 알고 있는 상식을 벗어났다.

처음부터 뛰어난 능력을 가지고 있다는 건 알았지만, 재식은 알아 갈수록 상상을 벗어나 도저히 인간이라는 생각이 들지 않을 정도였다.

마치 코믹스 속 슈퍼 히어로를 연상케 했다.

아니, 슈퍼 히어로를 뛰어넘는 초월적 존재와 비슷하다고 하는 것이 맞을 것이다.

어떤 슈퍼 히어로가 이렇게 도시급 이적을 일으키는가 말이다.

물론 코믹스를 찾아보면 그런 이적을 벌이는 슈퍼 히어로도 있기는 하겠지만, 아마 설정 상 그들은 인간이 아닐 것이 분명했다.

휴고 베르트랑이 그렇게 재식이 일으킨 이적에 놀라고 있을 때 그를 찾는 무전이 들려왔다.

― 휴고, 미국에 연락해 프로젝트를 진행하라고 하세요.

헌터 브레슬릿에서 들려온 목소리는 바로 방금 전 정령들을 이용해 이곳 치치하얼 외곽에 성벽과 해자를 만든 재식이었다.

한국과 미국, 그리고 영국, 독일.

이들 4개국은 처음 이 프로젝트를 시작할 때 미리 계획을 세웠다.

리오그란데에 있는 던전을 이용한 무역로를 개척하기 위해서는 보다 안전한 통로가 있어야 한다는 것이다.

그렇기 위해서 우선적으로 던전 주변을 몬스터들로부터 안전을 확보해야 했다.

그래서 프로젝트에 참가하는 4개국의 헌터들이 가장 최우선적으로 해야 할 일은 던전 주변의 청소와 안전 구역의 확보였다.

그렇게 안전 구역이 확보되면 미국에 준비하고 있던 공병대가 신속하게 던전 주변 쉘터에 필요한 방벽과 건물을 짓기로 하였다.

그런데 재식으로 인해 쉘터의 최우선 순위인 외벽이 세워지고, 또 외벽을 지킬 수 있는 해자까지 만들어졌다.

물론 이곳 치치하얼에서 한국까지 연결하기 위해서는 1,000㎞가 넘는 길을 뚫는 일이 남아 있지만, 우선 이곳 치치하얼에 있는 던전만 안전하다면 이곳까지 연결되는 길 정도는 어느 정도 위험이 있다고 해도 상관이 없었다.

그 정도는 다른 방법으로 해결이 가능했다.

"알겠습니다. 바로 보고를 하죠. 그런데 마스터 정은 괜찮습니까?"

— 괜찮으니 걱정 마십시오.

헌터 브레슬릿에서 들려오는 목소리에 휴고 베르트랑은 감탄했다.

이렇게 엄청난 이적을 일으키고도 그의 목소리가 아무렇지도 않았기 때문이다.

그에 휴고 베르트랑은 힘찬 목소리로 다시금 입을 열었다.

"네, 그래도 조심하십시오!"

재식이 비록 자신보다 나이는 어리지만 어찌되었거나 그가 이번 프로젝트를 이끌어 가는 총책임자였기에 휴고는 절대 재식에게 말을 놓지 않았다.

나이를 중요시하는 아시아인이 아닌 미국인으로서, 그의 사고방식은 일을 함에 나이는 중요하지 않았다.

사람이 살아가고 사람이 모여 조직을 이루면 예의가 무척이나 중요한 것이지만, 그것은 어디까지나 원활한 활동을 위한 방편이다.

그것은 나이가 아닌 인간으로서 지켜야 할 것이고 조직이 원활하게 움직이기 위해선 나이가 아닌 직급에 따른 존중이 필요했다.

그렇다고 직급이 높다고 직급이 낮은 사람을 함부로 해도 된다는 말은 아니었다.

합리적인 사고를 하여 부당이 아닌 올바른 사고에 의한 명령 체계를 이룬다면 굳이 존댓말이 아니더라도 충분히 조직이 돌아갈 것이다.

그렇기에 4개국 헌터들이 모인 대규모 조직이기는 하지만, 이 프로젝트에 참여하는 어느 누구도 서로를 함부로 대하지 않았다.

그것은 총책임자인 재식은 물론이고, 다른 슈타예거의 일반 대원들까지 하나같이 같은 생각이다.

이는 처음부터 재식이 총괄 책임을 맡으면서 한 이야기였다.

나이, 직위, 인종을 떠나 서로를 존중해야 이 어려운 시기를 극복할 수 있다고 말이다.

재식이 아무리 세계 최강의 헌터이고, 재앙급 몬스터를 혼자 상대할 수 있다고는 하지만, 혼자서 모든 것을 할 수는 없었다.

그러한 것을 할 수 있는 것은 오직 신만이 가능한 일이었다.

물론 여기서 신이란 칸트라 차원을 떠난 신을 말하는 것이 아닌, 지구의 인간들이 상상하는 전지전능한 그 신을 말하는 것이었다.

그렇기에 재식이 아무리 뛰어난 능력을 가지고 있다고 해도 모든 걸 해결하는 것은 불가능한 일이었다.

때문에 인류의 안정을 위해서 앞으로도 많은 사람들의 도움이 필요했다.

3. 움직이는 일본

그그그긍!

끼이익!

텅!

"뭐야! 조심해!"

"비켜! 길을 막고 있으면 어떻게 하자는 거야!"

"너만 일해?!"

커다란 중장비들이 분주하게 움직이고 있었다.

또 한편에서는 공사장을 돌아다니는 중장비들의 교통정리가 안 돼 인부들끼리 말싸움을 하는 곳도 있었다.

하지만 그런 곳은 아주 일부였고, 도시는 빠르게 건설되어 갔다.

새로운 도시 건설이 진행되고 있기는 한데 특이하게도 도시의 주변에는 커다란 벽이 둘러쳐져 있었다.

이는 일반적인 도시와는 조금 다른 모습이었다.

"거기 뭐하고 있는 거예요. 저기 뒤에 밀려 있는 것이 안 보여요?"

인부들이 싸우고 있는 곳에 흰색 안전모를 쓴 감독관이 나타나 언쟁을 벌이고 있는 작업자들에게 호통을 쳤다.

두 사람이 잠깐 말다툼을 하는 사이, 그들의 뒤로 길게 다른 작업자들의 차량과 중장비들이 꼬리를 물고 멈춰 있는 것이 보였다.

"뭐하고 있어요. 얼른 각자 할 일하지 않고!"

다시 한번 감독관이 호통을 치자 그제야 언쟁을 벌이던 작업자들은 얼른 자신이 타고 온 차량에 올라타 각자 맡은 임무를 하러 떠났다.

"하, 괜히 남는다고 했나?"

언쟁을 벌이던 작업자들이 자리를 떠나고 그제야 정체가 된 현장이 원활하게 돌아가는 것을 본 마크 드웨인은 작게 중얼거렸다.

한때 미국의 텍사스 주 헌터 협회 직원이었던 마크는 미국 정부와 영국, 그리고 독일과 한국 이들 4개국 정상이 모여 대단위 프로젝트를 추진한다는 소식을 들었다.

그리고 그 프로젝트가 위험한 현재의 무역로와 별개로 보다 안전한 무역로를 개척하는 것이란 것을 알게 되면서 가장 먼저 이 프로젝트에 자원하였다.

이번 프로젝트에는 강력한 무력을 가진 헌터도 필요하지만, 그만큼 안전한 무역로를 개척하기 위해선 민간 부분의 협조도 있어야 한다는 이야기에 지원한 것이다.

지방정부 산하 헌터 협회의 직원으로 사무 쪽에는 여느 공무원 못지않은 경력을 가지고 있으며, 특히나 거친 헌터들을 많이 상대한 이력이 있기에 이런 일에 자신이 있어 자원하였다.

하지만 프로젝트가 시작되면서 처음 마크가 생각한 것과는 많이 달랐다.

마크는 안전한 무역로 개척이라고 해서 그저 헌터들이 몬스터를 사냥할 때 필요한 각종 물품들에 대한 지원이라 판단을 했다.

애초 그래서 자원한 것이다.

그런데 정작 자신이 맡은 일은 헌터가 아닌 민간 건설업자들이었다.

헌터에 비해서 덜하긴 하지만, 건설업자들도 헌터 못지않게 거칠었다.

아니, 차라리 헌터들이 소란을 피우는 것이 더 낫다고 느껴질 정도였다.

그들은 자신들의 신체 능력을 인지하고 있기에 적정선 이상 일을 벌이지 않는다.

하지만 건설업자들은 그렇지 않았다.

성격도 거칠고, 일이 고되다 보니 아무래도 술도 많이 먹었다.

그러다 보니 술에 취해 싸움도 잦을 뿐만 아니라 자신의 기분에 따라 쉽게 흥분하고 화를 냈다.

이런 성격이다 보니 하루에도 몇 번씩 싸움이 나기도 해서 그를 괴롭혔다.

이 때문에 사고를 쳐 공사를 지연하게 하는 행위를 하면 현장에서 퇴출시키겠다고 엄포를 내기도 했지만 그때뿐이었다.

건설 노동자들은 감독관인 그가 보이지 않으면 언제 그랬냐는 듯 사고를 쳐 댔다.

그러다 보니 마크는 괜히 이곳에 남았다는 후회를 하는 것이다.

다른 지원자들 중에는 그가 원하던 것처럼 초일류 헌터들인 한국의 언체인 길드와 영국의 로열 가드, 그리고 독일의 슈타예거 전대를 지원하기도 했다.

게다가 이름만 들어도 알 수 있는 미국의 쟁쟁한 일류 헌터 길드도 참여 하고 있는 탓에 그곳을 담당하는 이들은 제대로 인맥을 쌓고 있었다.

그에 비해 자신은 겨우 건설업자들의 분쟁이나 말리고 있으니 한심하기까지 하였다.

마크는 잠시 불만을 떠올렸지만, 이 일도 헌터들의 뒷바라지를 하는 것 이상으로 아주 중요한 일이기에 금방 그런 것을 털어 내고 현장을 돌아보러 떠났다.

*   *   *

커다란 거실 최고급 가죽 쇼파에 몸을 늘어뜨린 최충식은 한 손으로 술병을 기울이며 TV를 보고 있었다.

그곳에는 커다란 중장비들이 도시를 건설하는 모습이 보였다.

벌컥! 벌컥!

퍽!

쨍그랑!

TV를 보며 술을 마시던 그는 느닷없이 술병을 커다란 TV를 향해 던져 버렸다.

그 때문에 TV는 그가 던진 술병과 부딪혀 파손되었고, 술병도 TV와 충돌하면서 박살 나 거실 바닥에 유리 파편을 흩뿌렸다.

"제길! 후우, 후우."

혼잣말을 중얼거리던 그는 흥분한 것인지 숨을 가쁘게 내쉬었다.

"나보다 한참이나 모자란 놈이었는데, 모자란 놈인데…
왜 자꾸 내 앞을 가로막는 거야!"

최충식은 조금 전 잠깐 TV 화면에 비친 재식의 얼굴로
인해 이렇게 흥분하며 난동을 부리는 것이었다.

4개국이 연합하여 벌이는 국가 프로젝트의 총괄책임
자.

그 영광스러운 자리에서 성공적으로 프로젝트를 진행하
고 있는 재식을 한껏 띄우며 칭찬하는 아나운서의 말과 그
뒤쪽으로 보이는 재식의 영상을 보자 질투심을 참지 못해
벌인 일이었다.

학창 시절 재식은 자신과 비교하면 가진 것 하나 없었
다.

정말이지 말 그대로 찢어지게 가난한 집안의 하류 인생의
본보기와 같은 존재였다.

그럼에도 불구하고, 언제나 자신만만한 모습이 마음에 들
지 않아 자신과 친한 몇몇을 동원해 괴롭히기도 했다.

또 헌터가 된 모습과 백장미의 관심에 괜히 괴롭히고
싶어 아버지를 통해 제약 회사에서 극비리에 시험을 하고
있는 몬스터 유전자를 이용해 나락으로 떨어뜨리기도 했
다.

그 과정에서 잠시 희망 고문도 하기는 했지만, 그건 아주

소소한 유흥에 불과한 일이었다.

실제로 자신의 의도대로 재식은 헌터로서 부적격 판정을 받고 길드에서 쫓겨났다.

그때는 정말이지 자신의 인생에서 걸림돌과 같은 재식이 떨어져 나갔다고 판단했다.

하지만 악연은 쉽게 떨어지지 않았다.

자신이 일본에서 승승장구하며 헌터로서 입지를 굳히고 있을 때, 어떻게 된 일인지 재식은 자신보다 더 잘나가고 있었다.

최충식은 그 때문에 엄청 놀랐다.

자신은 성신 길드라는, 세계에서도 손에 꼽을 수 있을 정도로 잘 나가는 대형 헌터 길드에서 밀어주고 있는 유망주였다.

아니, 유망주를 벗어나 이제는 능력을 펼치는 스타였다.

그것을 반증하듯 일본의 유명 TV 아나운서가 리포터처럼 따라붙으며 한국까지 따라와 자신을 인터뷰하였다.

그런데 자신이 한국어 돌아와 복귀에 대한 인터뷰를 할 때, 재식은 이미 엄청난 몬스터를 잡은 뒤였다.

자신만 모르고 있었지 재식의 정보는 많은 사람들이 이미 알고 있는 상태.

처음 그 소식을 들을 때 귀를 의심할 정도였다.

그리고 가장 화가 나는 것은 그런 재식의 옆에 엄청난 미녀가 있었다는 것이다.

자신과 약혼한 백장미와는 비교도 되지 않는 엄청난 미녀였다.

뒤늦게 알게 된 정보에 의하면, 재식의 옆에 있던 여자는 헌터 협회 직속, 팀 유니콘의 전대장 중 하나라는 것이었다.

헌터 협회의 직속인 팀 유니콘이라면, 성신 길드 길드장의 직속인 팀 저스티스보다 뛰어나다 알려진 엘리트였다.

그런데 단순한 팀 유니콘 전대의 대원도 아니고, 한 개 전대의 전대장이라는 사실에 더욱 질투를 하였다.

현대 사회는 헌터가 최고였다.

그것도 고위 헌터라면 대격변 이전 3급 이상의 고위 공무원과도 비슷한 위치에 있는 존재들이었다.

어딜 가든 그만큼 대우를 받는 이들이 고위 헌터들인데, 재식은 어느새 자신을 훌쩍 뛰어넘어 버렸다.

최충식이 화가 나는 것은 그것만이 아니었다.

재식의 옆에 아름다운 미녀가 있는 것은 그렇다 칠 수 있다.

문제는 자신의 약혼녀인 백장미가 재식을 쳐다보고 있다는 것이 가장 크게 화가 나는 이유였다.

그것도 무척이나 아련하게 말이다.

최충식은 자신이 정상적이지 않다는 것을 잘 알고 있다.

성공을 위해서라면 무엇이라도 이용하고, 또 다른 사람을 파멸로 밀어 넣으면서도 자신의 성공을 위해서라면 눈 하나 깜빡이지 않는 성격을 말이다.

그런 독사와도 같은 냉혹한 성격이 있었기에 젊은 나이에 지금의 위치에 오를 수 있었다.

그런데 그런 뱀과 같은 성격을 가진 최충식은 자신과 똑같은 성격을 가진 백장미를 만나, 그녀만이 자신의 배우자로 딱 어울린다고 생각을 해 왔다.

물론 지금까지 살아오면서 최충식은 자신의 짝인 백장미보다 아름다운 미녀를 보지 못한 것은 아니었다.

그리고 몇 번 그런 여자들과 어울리기도 했다.

하지만 언제나 끝에는 백장미가 있었다.

그녀만이 자신의 욕망을 충족시켜 줄 수 있다는 생각 때문이었다.

그런데 그런 백장미가 자신이 아닌 다른 남자, 그것도 자신이 싫어하는 재식에게서 눈을 떼지 않고 있다니.

그 이유 때문에 재식을 나락으로 떨어뜨리는 음모를 꾸민 것인데, 또다시 백장미가 재식을 주시했다.

아니, 주시하는 정도가 아니라 재식의 옆에 있던 여자를 질투하기까지 한 것이다.

마음 같아서는 또다시 재식을 전처럼 나락으로 떨어뜨려 버리고 싶었다.

하지만 이제는 그럴 수가 없었다.

재식은 어느새 자신이 쳐다볼 수 없는 위치에 올라가 있었다.

뿐만 아니라 무력도 자신을 한참이나 추월해 버렸다.

전 세계를 뒤져 보아도 S등급을 받은 헌터는 백 명이 채 되지 않았다.

세계에는 200여 개의 나라가 있으며, 한 국가만 해도 수천에서 수십만 명이 넘는 헌터가 있음에도 불구하고, S등급에 오른 헌터는 끽해야 두세 명이 전부였다.

몇몇 강대국에만 한 손에 꼽을 정도의 S등급 헌터가 있을 뿐.

인구 4,000만이 조금 넘는 대한민국에 S등급 헌터가 세 명이나 나온 것은 정말로 기적과도 같은 일이었다.

그런데 그런 기적을 뚫고 네 번째 S등급 헌터가 나왔고, 그것이 바로 재식이었다.

그러다 보니 질투가 나더라도 재식을 어떻게 해볼 수가 없었다.

그렇다고 재식의 주변에 해코지를 할 수도 없는 것이, 이미 그 주변에는 상당의 경호원들이 붙어 있었다.

물론 마음만 먹는다면 일을 벌일 수도 있겠지만, 최충식의 성격상 자신의 안전이 담보가 되지 않는 불확실한 일에는 뛰어들고 싶지 않았다.

　그러한 이유로 최충식은 재식을 보지 않기 위해 대한민국이 아닌 일본으로 건너와 활동을 하였다.

　괜히 한국에서 활동을 하게 된다면 하루에도 몇 번씩 재식에 대한 이야기를 듣게 될 수도 있기 때문이었다.

　대한민국에 등록된 다른 S등급 헌터들은 그 위치가 위치이다 보니, 대외적으로 활동이 활발한 편이 아니었다.

　성신 길드의 길드장인 백강현이 사실 유별난 것이라고 할 수 있었다.

　다른 대형 길드의 견제로 성신 길드의 성장이 막힌 탓에 더욱 활동을 활발히 하여 세력을 키운 것이지 다른 두 명의 S등급 헌터인 무신이나 뇌신의 경우에는 대외적인 활동을 자제하고 은둔한 상태였다.

　그런데 대한민국의 네 번째 S등급 헌터에 오른 재식은 그 나이 때문인지, 아니면 가장 최근에 S등급에 오른 탓인지 그 어떤 S등급 헌터보다 더 활발히 활동했다.

　특히나 재식은 단순히 자신만의 헌터 길드를 만들어 활동하는 것이 아닌, 헌터 협회와 원활한 관계를 맺고 활동을 하는 것이다.

　보통 헌터 협회는 헌터들을 통제하기 위해 존재했다.

그 때문에 헌터 협회와 헌터 길드의 관계는 사실 좋다고는 할 수 없었다.

그럼에도 불구하고, 재식이나 재식이 만든 헌터 길드는 다른 어떤 길드보다도 공조를 잘 하고 있었다.

그런 이유로 일각에서는 재식이 길드장으로 있는 언체인 길드가 사실은 헌터 협회의 전위대가 아니냐는 루머가 돌기도 했다.

하지만 그러기엔 재식의 능력과 위상이 이제는 헌터 협회를 능가하고 있었다.

오히려 헌터 협회가 재식과 언체인 길드의 도움을 많이 받고 있으며 그 증거로 헌터 협회에서 위탁판매를 하고 있는 아티팩트와 아이템의 매출 전표를 언론에 공표하였다.

이 때문에 대한민국은 물론이고, 많은 해외에서 헌터 협회의 발표에 깜짝 놀랐다.

그동안 아티팩트는 던전에서만 적은 수량이 발견되어 경매를 통해 아주 고가에 판매되었다.

그런데 그런 것과 다른 루트를 통해 아티팩트가 유통되고 있었다는 사실에 경악을 금치 못했다.

그 때문에 한때 많은 나라에서 위험을 무릅쓰고 한국으로 넘어와 아이템이나 아티팩트를 사기 위해 정부에 로비를 벌이기도 했다.

최충식은 재식의 능력이 S등급에 이른 헌터로서의 능력

뿐만 아니라 아티팩트나 아이템을 제작할 수 있다는 사실에 다시 한번 질투를 느꼈다.

자신보다 강한 것도 화가 나는데, 자신이 하나만이라도 가지길 원하는 아티팩트를 직접 만들 수 있다는 것에 엄청난 질투를 느낀 것이다.

그 탓에 최충식은 그 소식을 들은 그날 엄청난 충격에 빠지고 말았다.

그렇게 자신에게 질투를 유발시키는 재식의 소식이 이곳 일본에서도 들리게 되자 이젠 참을 수가 없었다.

만약 재식을 누군가 죽여준다면, 아니, 저 자신에 찬 미소만이라도 자신이 볼 수 없게 만들어 준다면 영혼이라도 팔 수 있을 것 같았다.

"제길! 내가 조금만 더 강한 힘을 가질 수 있다면… 저놈의 미소를 찢어 버릴 수 있는 힘을……."

최충식은 자신이 던진 술병으로 인해 부셔진 TV를 바라보며 그렇게 중얼거렸다.

그런데 그는 인식하지 못하고 있었지만, 그가 그렇게 재식에 대한 질투의 감정으로 미쳐 광기를 드러내고 있을 때, 그가 머물고 있는 거실 한쪽에서는 불길한 검보라색 안개와도 같은 기운이 피어오르고 있었다.

그리고 그 검보라색 안개와도 같은 기운은 최충식이 인식하지 못한 사이 그의 내면으로 스며들었다.

　　　　*　　　　　*　　　　　*

스스슥!

일본의 헌터 협회장인 미야모토 신타로는 자신의 집무실에서 밀린 업무를 처리하고 있었다.

그런데 이때 누군가 그를 찾아온 것인지 집무실 밖에서 노크 소리가 들렸다.

똑똑.

"누구야!"

신타로는 밀린 업무 때문에 고개도 돌리지 않고 버럭 소리쳤다.

그러자 문밖에서 그의 보좌관인 신도 유스케의 대답이 들려왔다.

"회장님, 유키 히데오 헌터님이 오셨습니다."

탁.

미야모토 신타로는 보좌관인 유스케의 대답에 하던 것을 멈추고 자리에서 일어나며 지시를 내렸다.

"들어와."

미야모토 신타로가 자신의 집무실 의자에서 일어나 집무실 한쪽에 마련된 응접실로 걸어가고 있을 때, 그의 집무실 문이 열렸다.

그곳으로 보좌관인 신도 유스케와 일본 유일의 S등급 헌터에 오른 유키 히데오가 들어오는 모습이 보였다.

"하하, 우리 일본의 자랑인 유키 히데오 헌터 어서 오시오."

무엇이 그리 즐거운 것인지 미야모토 신타로는 호탕한 웃음을 터뜨리며, 과장된 몸짓으로 유키 히데오를 맞았다.

그런 미야모토 신타로 회장의 모습을 보는 유키 히데오의 눈 깊은 곳에선 알 수 없는 빛이 반짝였다.

'흠~ 좋은 냄새군.'

그의 코끝으로 더러운 욕망의 찌꺼기가 내뿜는 냄새가 맡아졌다.

그 향긋한 냄새는 유키 히데오의 심장을 두근거리게 만들었다.

일본 유일의 S등급 헌터에 오른 유키 히데오의 정체는 바로 지구로 넘어온 마족들 중 한 명인 칼리크였다.

칸트라 차원의 마계의 지배자인 대마왕 번의 지시로 넘어온 마족 말이다.

육체가 없는 부정형의 정신체이면서 기생 마족인 칼리크는 차원 게이트를 통해 지구로 너머와 마침 그가 있는 던전에 들어온 일본의 헌터들 중 하나의 몸에 기생을 하였다.

그러고는 힘을 기르기 위해 조금씩 자신이 기생하던 몸의 주인을 도와 힘을 키우는 한편, 몸의 주인이 모르게 은밀하게 정신을 잠식했다.

그러한 것이 바로 기생 마족인 칼리크의 생존법이었다.

다른 여타의 부정형 마족들은 빙의를 통해 생명체의 정신에 직접적으로 관여해 영혼을 밀어내고, 몸을 취하는 것과는 조금 다른 방식이었다.

다른 마족들이 빙의를 하는 이유가 있었다.

칼리크의 방법은 빠르게 힘을 기를 수 없는 단점이 있었기 때문이다.

그 탓에 마계의 다른 마족들은 칼리크와 같은 방법을 선호하지 않았다.

하지만 이런 방법이 단점만 있는 것은 아니다.

사실 어떻게 보면 바로 숙주의 몸에 빙의를 하여 몸을 빼앗는 방법보다 이 방식이 다른 차원에 침투하여 활동하기에는 더 좋은 방법이었다.

그도 그럴 것이, 빙의란 것이 무리하게 마계에 있던 힘을 끌어다 쓰는 것이기 때문에 겉으로도 상당히 티가 나는 편이었다.

만약 들키기라도 한다면 마계와 대척점에 있는 천계의 방해를 받을 수도 있었고, 또 금방 정체가 탈로나 토벌을 당할 위험도 있었다.

하지만 칼리크와 같이 조금씩 점진적으로 영혼을 잠식해

가는 방법은 초기에 힘을 쓰는 것엔 제한이 있지만, 숙주의 변화가 아주 천천히 이루어지는 탓에 그 변화를 다른 존재들이 눈치챌 수가 없다.

그리고 눈치를 챘을 때에는 이미 숙주의 영혼은 완벽하게 마족과 동화를 이룬 뒤였기에 쉽게 막을 수가 없어 처리하는 것도 어려웠다.

더욱이 그렇게 영혼이 동화를 이룬 상태라면, 천족도 함부로 처리할 수가 없었다.

그것은 기생 마족이 마계 출신이라고는 하지만, 이미 중간계의 생명체와 동화를 이루었기에 천계 출신의 천사들도 함부로 손을 댈 수가 없는 탓이었다.

이는 세계의 법칙 때문이었다.

칸트라 차원은 생명체들이 살아가는 중간계를 중심으로 위에는 천사들이 사는 천계.

그리고 그 밑으로는 천계와 대척점을 이루는 마계가 존재하며 중간계와 평행으로 자연의 질서를 유지 운행하는 정령계가 자리를 하고 있다.

그런데 이들 차원간에는 차원을 구성하는 에너지의 밀도들이 각각 달랐다.

그 때문에 다른 차원의 생명체가 또 다른 차원에 침입하여 활동하기 위해선 여러 제약이 따랐다.

가장 먼저 능력부터가 그러했는데, 차원 에너지의 간섭을 받아 모든 능력을 발휘할 수가 없었다.

심한 경우에는 다른 차원에 넘어갔다가 그 힘으로 인해 존재가 세상에 먹혀 버리는 경우도 더러 있었다.

칸트라의 지성 종족들은 그러한 일은 세계의 간섭 또는 세계의 법칙이라 불렀다.

어쨌든 다른 차원에 관심이 있는 존재들은 그것을 두고 많은 연구를 하였고, 그러다 방법을 찾아냈다.

그 방법이란 것은 바로 해당 차원의 존재가 다른 차원의 존재와 완벽한 합일을 이루는 것이다.

빙의와 비슷하지만 조금은 다른 강림.

중간계의 존재가 진정으로 다른 차원의 존재가 자신의 몸에 들어오는 것을 원하고, 또 같은 영혼의 파장을 갖췄을 때 능력을 모두 가지고 중간계로 넘어갈 수 있던 것이다.

하지만 이런 방법은 중간계와 다른 차원의 존재들이 격의 차이로 인해 부작용이 심각한 편이었고, 그 때문에 쉽게 사용할 수 있는 방법이 아니었다.

한 번 상위 격을 가진 존재가 강림한 중간계의 생명체들은 영혼의 격의 차이로 인한 충격으로 영혼에 심각한 타격을 입었다.

그나마 천계의 존재와 관계를 맺은 영혼은 천계의 기운에 영향을 받아 오히려 영혼의 격이 높아지는 계기를 마련하여 이전보다 더 신실한 믿음을 얻기도 했다.

그에 반해 마계의 존재들과 관계를 맺은 영혼들은 욕망에 찌들어 폐인이 되어 버렸다.

그러다 보니 제대로 된 정신을 가진 중간계 존재들은 마계의 존재와는 강림 의식을 하기 꺼릴 수밖에 없었다.

그렇게 되면서 마계의 존재들은 강제로 몸을 빼앗는 빙의라는 방법만 사용하게 되었다.

하지만 하나가 막히면 다른 방법을 찾아내는 것이 모든 생명체들의 습성인지라 마계의 생명체 중 일부가 다른 방법을 찾아냈다.

세계의 법칙에 위배되지 않으면서도 자신의 모든 능력을 중간계로 가져갈 수 있는 방법을 말이다.

그것은 빙의와는 다르게 초기에 강력한 힘을 사용하지 못하여 숙주를 지킬 수 없다는 단점이 있기는 하지만, 성공만 한다면 마계에서 자신이 가지던 능력을 모두 사용할 수 있는 것은 물론이고, 중간계에서 더욱 능력을 키울 수도 있었다.

다만, 강한 힘을 숭배하는 마족의 특성상 자신의 힘을 포기하고 처음부터 다시 시작한다는 것은 쉽게 선택할 수 있는 방법이 아니었다.

더욱이 힘을 키우는 것은 그런 위험한 걸 제외한다더라도 많았기에 그보다 더 좋은 방법을 찾으려면 찾을 수 있을 터였다.

그렇지만 칼리크가 받은 명령은 아주 특별한 것이었다.

그 때문에 어떤 세력의 방해나 의심을 받아서는 안 되었다.

조용히 힘을 키워 다른 세력 모르게 마계의 지배자인 대마왕이 차원을 넘어 지구로 넘어갈 수 있게 준비를 해야 했다.

그런 이유로 세계의 간섭을 받지 않는 가장 어려운 방법을 사용하게 되었다.

다행히 다른 동료 마족들의 희생을 통해 칼리크는 가장 먼저 숙주의 영혼과 동조를 마치고 지구인들이 말하는 S등급 헌터에 올랐다.

이전에는 자신의 능력을 모두 사용하지 못했지만, 이제는 달랐다.

S등급이란 경지에 오르고 나자 그가 차지한 육체와의 동조가 완성이 되었다.

그래서 마계에서 쓰던 능력을 지구에서도 모두 사용할 수 있게 된 것이다.

다만, 이런 경지에 올랐다고는 하지만, 이곳 차원에는 자신보다 더 강한 존재들이 존재했다.

뿐만 아니라 위협을 줄 만한 존재들도 아직도 상당해 조심해야만 한다.

'이자를 이용한다면 보다 이른 시간에 목표를 이룰 수도 있겠군!'

어찌된 일인지 자신들이 자리를 잡은 이 땅은 참으로 특이했다.

칸트라 차원도 그렇고 이곳 차원의 인간들은 자신의 욕망을 위해선 같은 동족의 희생을 아주 당연시 하고 있었다.

아니, 어떻게 보면 자신들 마족들과 너무나도 비슷한 성격을 뛰어 잠시 착각할 때도 있을 정도였다.

그 때문에 쉽고 빠르게 힘을 되찾을 수 있어 고마웠지만, 인간의 육체를 차지하고 보니 살짝 기분이 나쁘기도 했다.

하찮은 먹이들과 위대한 마족이 비슷하다고 느끼는 감각이 기분을 망쳤다.

하지만 칼리크는 자신의 목적을 잊지 않았다.

"그래. 무슨 일로 절 찾아온 것입니까?"

칼리크가 잠시 생각에 잠겨 있는 사이, 미야모토 신타로는 자신을 찾아온 칼리크의 용무를 물었다.

물론 두 사람이 만나는 것은 칼리크의 일방적인 뜻은 아니었다.

몇 년 전 비와호의 괴수 야마타노 오로치로 인해 일본의 헌터 전력이 풍비박살 난 뒤로 일본은 그야말로 헌터 후진국으로 전락했다.

이전만 해도 그럭저럭 선진국 반열에 들어가 있던 일본이었지만, 고위 헌터들이 야마타노 오로치에게 다 쓸려 나가자 어쩔 도리가 없었다.

그 때문에 일본은 어려운 결정을 해야만 했다.

많은 이권을 포기하고, 더욱 혜택을 내준 끝에 성신 길드를 일본에 끌어들일 수 있었다.

만약 성신 길드를 일본으로 불러오지 못했다면, 어쩌면 일본은 아프리카 대륙처럼 몬스터에 의해 멸망하고, 그 땅은 몬스터의 차지가 되어 있을지도 몰랐다.

하지만 확실히 막대한 이익을 보장하면서 끌어들인 보람이 있었다.

성신 길드는 일본 정부의 요청대로 일본에 산재한 많은 던전과 차원 게이트로 인해 발생하는 몬스터 사태를 처리해 주었다.

그렇게 발등에 떨어진 불을 끄고 나니, 일본 정부와 위정자들에게선 슬그머니 불만이 흘러나왔다.

위험한 고비는 넘어갔고, 초토화된 헌터 전력도 시간이 흐르면서 어느 정도 복구가 되었다.

뿐만 아니라 유키 히데오라는 영웅이 나타나 일본에도 S등급 헌터가 등장하기까지 했다.

일본 정부나 일본인들의 마음속에는 이제는 굳이 한국에

많은 혜택을 주면서 그들을 붙들고 있을 필요가 없다는 생각을 하였다.

아니, 일부 일본인들은 한국이 일본의 부를 빼앗아 간다고까지 떠들었다.

그리고 그런 목소리를 더욱 뜨겁게 하는 것은 요즘 자주 발생하고 있는 일본인들의 실종 사태가 그것이었다.

처음에는 그것을 잘 인식하지 못했다.

하루에도 수십, 수백 명씩 몬스터와 관련해 혹은 삶을 비관해 자살해 죽는 이들이 많았다.

그러다 보니 몇 명이 실종된 것에 관심을 보일 리가 없었다.

하지만 그것도 쌓이고 쌓이다 보니, 이제는 그냥 미뤄 둘수 없을 지경에 이르렀다.

실종되는 사람들이 몬스터 사냥을 위해 도시 외곽으로 나간 헌터나 사회에 부적응한 부랑자들일 때는 모두 그러려니 했지만, 어느 순간부터 안전하다고 생각하던 도시 내에서도 다수의 실종자들이 나타났다.

그중에는 뜻밖에도 정부의 고위 관계자나 헌터 협회의 간부도 포함되었다.

이 때문에 조사해 보았지만 그들의 흔적은 어디에서도 나타나지 않았다.

실종자가 무려 만 명이 넘어가는데도 머리카락 하나 보이지 않을 정도로 완벽하게 사라져 버렸다.

그제야 일본 정부와 일본 헌터 협회는 일의 심각성을 깨달았다.

하지만 심각성을 깨달은 뒤에는 너무 늦어 버렸다.

이 때문에 일본 정부와 헌터 협회는 다른 방법으로 국민들의 관심을 돌리려 했고, 그런 방법은 오래전부터 통해 온 일이었다.

이들이 국민의 관심을 돌린 방법은 바로 일본 내 영웅을 만들어 내는 것이었다.

그런데 이들에게는 영웅으로 내세울 만한 존재가 없었다.

그러다 보니 궁리를 하다 찾아낸 다른 방법이 바로 일부 일본인들이 떠드는 불만을 이슈와 하는 작업이었다.

그러면서 국민들의 관심을 일단 돌려놓고 천천히 영웅 만들기를 시작했다.

영웅이 없다면 있는 것처럼 인위적으로 만들면 된다는 생각이었다.

그런데 하늘의 도움인지 일본인들에게 영웅과도 같은 존재가 나타났다.

어느 날 갑자기 나타난 그는 돌발 게이트에서 높은 등급의 몬스터를 사냥한 것은 물론이고, 위기에 처한 시민들을 구해 주었다.

뿐만 아니라 새롭게 헌터 등급을 갱신하였는데, 이때 등급이 S등급이 나왔다.

그야말로 일본 정부와 헌터 협회가 찾던 알맞은 존재였다.

이에 고이즈미 도조 일본 총리는 급히 일본의 헌터 협회장인 미야모토 신타로에게 명령하여 일본 유일의 S등급 헌터를 국민 영웅으로 만들라 말하였다.

이에 미야모토 신타로는 신속히 움직여 유키 히데오, 즉 칼리크를 찾아 협회로 부른 것이다.

4. 쇼

수많은 사람들이 분주히 움직였다.

그런데 자세히 보면 이들은 평범한 보통 사람들이 아님을 알 수 있었다.

그도 그럴 것이, 이들이 입고 있는 복장이나 손에 들고 있는 물건이 흉악하기 그지없기 때문이었다.

"거기 똑바로 자리 잡지 못해!"

"넌 뭔데 나한테 지적질이야!"

"야메로!"

한쪽에서는 헌터들끼리 다툼이 벌어지고, 또 다른 한 사람이 이들 사이에 끼어 말리고 있었다.

"뭐하고 있나! 곧 히데오님이 나오실 것인데 계속 그러고 있을 것이야!"

저 멀리서 이를 지켜보던 한 남자가 다투고 있는 이들을 보며 소리쳤다.

그제야 두 헌터는 마지못해 서로를 한 차례 노려보고는 물러났다.

"잘 들어라."

"네!"

다투던 헌터들을 중재한 남자는 눈을 차갑게 빛내며 소리치자, 헌터들은 기합이 잔뜩 들어 대답했다.

"이번 레이드는 단순히 몬스터를 사냥하는 것으로 끝나는 것이 아니다."

현재 이들은 느닷없이 등장한 재앙급 몬스터를 레이드하기 위해 모인 일본의 헌터들이었다.

원래라면 재앙급 몬스터가 나타나면 성신 길드에 연락하여 그들을 기다려야 했다.

하지만 어찌된 일인지 헌터 협회에서는 성신 길드에 이번 재앙급 몬스터를 의뢰하지 않고 자체적으로 레이드할 것을 천명했다.

더욱이 이번 레이드에는 한국의 헌터는 모조리 배제하고 순수 일본인들로 이루어지 헌터만을 선발하여 레이드를 계획하였다.

그 때문에 일부 헌터들은 불안한 마음에 조금 전처럼 민감하게 반응하며 언성을 높인 것이었다.

하지만 여기 있는 대다수의 일본인 헌터들이 알지 못하는 비밀이 하나 있었다.

그 비밀은 다름 아닌 이번 재앙급 몬스터 레이드가 조작이 되었다는 것이다.

사실 재앙급 몬스터는 6등급 보스 몬스터를 지칭하는 또 다른 별칭이었다.

즉, 몬스터의 에너지 반응을 측정하여 6등급 보스 몬스터에 해당하는 몬스터들에게 붙여지는 별명이라고 할 수 있었다.

그렇지만 이번에 출현한 몬스터에 관해서는 그 어떠한 출현 경보도 없었다.

그럼에도 헌터 협회에서는 이번에 나타난 몬스터를 재앙급 몬스터라고 떠들고 일본에 있는 헌터 중 고위 헌터들에게 동원령을 내렸다.

하지만 그러는 한편, 성신 길드에는 이 사실을 알리지 않았다.

전 같았으면 재앙급 몬스터에 대한 정보를 포착하자마자, 성신 길드에 알릴 것이었다.

그도 그럴 것이, 더 이상 일본에는 재앙급 몬스터를 상대할 만한 헌터가 남아 있지 않았기 때문이다.

그럼에도 불구하고, 이번 레이드를 성신 길드에 의뢰하지 않았고, 그들에게 말을 하지 않은 채 자체적으로 해결하려는 이유는 다름이 아니었다.

바로 세상에 일본이 다시 살아났음을 알리기 위한 쇼였다.

그 쇼를 진행하기 위해 헌터 협회는 지금껏 심열을 기울여 준비하였는데, 그 준비는 은밀하게 사들인 재앙급 몬스터의 마정석을 가지고 인공적으로 몬스터를 만들어 낸 것이다.

어디서 그런 기술을 알게 된 것인지는 알 수 없었으나, 유키 히데오는 헌터 협회장인 미야모토 신타로를 만난 자리에서 그의 계획을 듣고 이런 방법을 생각해 낸 것이었다.

이러한 인공으로 만들어진 재앙급 몬스터는 원래의 재앙급 몬스터에 비해 절반 정도의 전투력밖에 발휘하지 못하였다.

하지만 마력 측정기에는 똑같은 재앙급 몬스터로 측정되었기에 대외적으로 선전하기에 이보다 좋을 수가 없었다.

7등급 헌터의 숫자가 정규 공대 40명 정도만 된다면, 그들로도 충분히 레이드가 가능한 정도였다.

욕심 같아서는 S등급인 유키 히데오가 아닌 7등급에 오른 헌터와 6등급 헌터들을 지원 보내 레이드를 벌이고 싶을 정도였다.

만약 그렇게만 할 수 있다면, 그것이 일본 헌터들의 우수성을 대외적으로 선전하기에는 더욱 더 좋을 것이니 말이다.

그렇지만 욕심은 욕심일 뿐.

헌터 협회장으로서 미야모토 신타로는 그렇게 멍청하지 않았다.

아니, 교활하고 계산이 빠른 인간이었다.

재앙급 몬스터는 단순한 몬스터가 아니었고, 고위 헌터가 아무리 많아도 특별한 헌터가 없이는 레이드가 사실상 불가능하다는 것을 누구보다 잘 알고 있었다.

그렇기 때문에 신타로는 굳이 욕심을 부리지 않고 그냥 일본에도 헌터의 정점이라 할 수 있는 S등급 헌터가 탄생했음을 대외에 알리는 자리로 만들기로 하였다.

앞서 설명한 것처럼 인공적으로 만들어 낸 몬스터이기에 정상적인 재앙급 몬스터 전투력의 절반 정도에 지나지 않았다.

그 탓에 S등급 헌터인 유키 히데오와 일본인 고위 헌터들의 지원이 있다면 충분히 빠른 시간에 잡을 수 있을 것이 분명했다.

그것만으로도 선전 효과는 충분히 볼 수 있었다.

만약 정상적인 재앙급 몬스터라면 부족한 고위 헌터로 인해 레이드에 성공하더라도 상당한 피해를 볼지도 몰랐고, 또 시간도 상당히 지체되었을 것이다.

하나 이번 레이드는 그렇지 않을 터다.

이런 자신감에 미야모토 신타로는 한마디로 쇼를 준비하고, 각본과 연출까지 도맡았다.

야마타노 오로치 이후 일본에도 사실 재앙급 몬스터의 출현이 두 번 정도 더 있었다.

그리고 그때마다 레이드는 모두 성신 길드가 도맡아 처리하였다.

그럴 때마다 환호를 보내는 일본인들도 있었지만, 일부 일본인들의 경우 재앙급 몬스터를 사냥하고 그것을 통해 얻는 이득을 성신 길드가 모두 차지하는 것에 불만을 토로하는 이들도 있었다.

그런 주장을 하는 이들의 말은 이러하였다.

일본이 어려운 이 시기에 한국인이 일본에게 돌아갈 부를 가로챘다!
그 때문에 일본이 이리 가난한 것이다!

자신들의 능력이 되지 않는 몬스터를 성신 길드에서 처리해 줘 큰 피해를 막았다는 건 그들의 머릿속에는 들어 있지 않았다.

오히려 적반하장으로 어처구니없는 주장만을 되풀이할 뿐이었다.

성신 길드에서는 그런 황당한 일본인들의 주장을 들어보기는 했지만 별 대꾸할 가치를 느끼지 못했기에 작게 일본의 헌터 협회에 항의하는 정도에서 더 이상의 반응을 보이지는 않았다.

어차피 그렇게 떠들어 봐야 상황은 변하지 않을 거라는 믿음 때문이었다.

그러한 말을 하는 이들도 재앙급 몬스터가 출현하면, 자신들에게 의뢰할 것을 잘 알고 있었기에 굳이 긁어 부스럼을 만들지 않는다는 생각으로 조용히 넘어가고 있는 중이었다.

＊　　　＊　　　＊

촤아아아!

도쿄만의 바닷물이 갈라지며, 그 아래에서 무언가 커다란 물체가 솟아올랐다.

쿠오!

도쿄만 밑에서 솟아오른 그것은 크게 포효를 터뜨리고는 도쿄만을 거슬러 올라왔다.

쿵! 쿵!

"고지라!"

"아악! 고지라다!"

헌터 협회의 동원령에 의해 도쿄만 인근에 운집해 있던 일본 헌터들의 외침이었다.

그도 그럴 것이, 도쿄만에서 정체를 드러낸 몬스터의 모습은 오래전 영화 속에 등장해 한때 일본을 휩쓸던 괴수 고지라와 너무나도 흡사했기 때문이다.

다만, 영화 속 고지라와 조금 다른 점을 꼽으라면, 영화 속에 등장하던 고지라에 비해 살짝 크기가 작다는 것뿐이었다.

영화의 고지라 설정은 가장 작은 것이 50m였다.

그에 반해 지금 보고 있는 고지라와 닮은 몬스터의 크기는 그보다 작은 30m 정도에 불과했다.

하지만 심상 깊은 곳에 자리하고 있는 고지라에 대한 공포가 있는 일본인들은 그저 생김새가 비슷하다는 것에 막연한 두려움에 떨었다.

"뭐 하고 있나?! 정신 차려!"

운집해 있는 헌터들이 몬스터에 공포에 떨고 있을 때, 이를 지켜보고 있던 유케 히데오의 껍질을 쓴 칼리크가 크게 호통을 쳤다.

겉모습이야 일본인인 유키 히데오지만, 그의 영혼은 인간이 아닌 칸트라 차원의 마족인 칼리크였기 때문에 고지라를 닮은 몬스터는 그에게 어떤 영향도 주지 못했다.

척! 척!

칼리크의 호통이 통했는지, 아니면 살기 위해서 본능적으로 그런 것인지는 알 수 없지만, 헌터들은 정신을 퍼뜩 차리고 무기를 꺼내 들었다.

"내가 먼저 몬스터를 공격하면, 헌터들은 각 파티장의 지시에 따라 공격한다."

이미 짜인 각본이지만, 겉으로 보기에는 무척이나 비장한 모습을 보이고 있었다.

그 때문인지 칼리크의 이야기를 듣고 있는 헌터들의 표정이 비장하게 바뀌었다.

쿵! 쿵!

칼리크가 일본인 헌터들을 대상으로 연설을 하는 중에도 도쿄만을 건너온 고지라는 쿵쿵거리며 헌터들을 향해 다가오고 있었다.

"히야!"

자신을 향해 다가오는 몬스터를 보며 칼리크는 야생 일본 원숭이가 지르는 규성과도 같은 소리를 지르며 몬스터를 향해 뛰어갔다.

타타타타!

텁!

쿵! 쿵!

"히얍!"

어느 정도 접근하였다 판단한 칼리크는 다시 한번 기합을 지르고는 점프하였다.

쿠오!

칼리크가 자신을 향해 접근하자, 고지라는 로어를 터뜨리며 몸을 틀어 꼬리를 휘둘렀다.

휘잉!

커다랗고 굵은 고지라의 꼬리가 점프한 칼리크의 다리 아래로 스쳐 지나갔다.

실제 몬스터였다면 점프한 칼리크에게 정확하게 꼬리 공격을 명중시켰지만, 지금 있는 고지라는 실제 살아 있는 몬스터가 아닌, 그저 등급만 뻥튀기된 가짜 재앙급 몬스터였다.

조금 더 정확하게 말하자면, 지구에 넘어온 또 다른 마족이 만든 마법 생명체였다.

그러다 보니 반응도 정상적인 재앙급 몬스터에 비해 느리고, 또 공격의 정확도도 떨어졌다.

"타핫!"

퍽!

그렇게 이미 연출된 레이드다 보니, 칼리크는 요란한 기합을 지르며 고지라를 공격했다.

쿠오오!

칼리크의 공격을 받은 고지라는 요란한 비명을 지르며 주춤했다.

30m에 이르는 덩치를 가진 몬스터가 가벼워 보이는 칼리크의 공격에 비명을 질러 대는 바람에 재앙급 몬스터가 아닌 게 의심될 정도였다.

하지만 진실을 알지 못한 채 TV를 통해 레이드 상황을 지켜보고 있는 일본 국민들에게는 전혀 다르게 다가왔다.

자국의 유일한 S등급 헌터인 유키 히데오가 다른 S등급 헌터들과 비교해서 결코 밀리지 않는 아주 강력한 헌터라 생각하게 만들기 충분했다.

"와!"

뒤에서 칼리크가 고지라를 상대하는 모습을 조용히 지켜보고 있던 헌터들도 그러한 생각은 같은지 우레와 같은 함성이 터져 나왔다.

"와와!"

"대단하다!"

헌터들은 칼리크의 공격에 주춤거리는 고지라의 모습에 다시금 환호성을 지르며 눈을 반짝였다.

"돌진!"

"공격해!"

뒤에서 헌터들을 조율하고 있던 각 파티장들은 고지라가 칼리크의 공격에 주춤하는 것을 보자 공격 명령을 내렸다.

"와아!"

"와!"

파티장의 명령이 떨어지자, 헌터들은 기합과 괴성을 지르며 고지라를 향해 달려들었다.

"구워!"

일부 헌터들은 달리면서 수인처럼 변신하였다.

성신 길드의 도움으로 일본의 헌터들의 수준이 오르면서 유전자 시술을 받은 헌터들도 상당한 레벨업을 하게 되었고, 그로 인해 고위 헌터가 된 이들이 많아졌다.

그래서 그런지 현재 S등급인 칼리크를 지원하기 위한 고위 헌터 중에는 각성 헌터보다 시술 헌터의 비율이 압도적으로 많았다.

장기적으로 보면 각성 헌터가 부족한 일본의 경우 아직 갈 길이 멀었다.

하나 칼리크의 정체를 알지 못하는 평범한 일본인으로서는 자국에 S등급 헌터가 나왔으니 시술 헌터는 물론이고, 각성 헌터도 조만간 고위 헌터에 이르는 이들이 많아질 것이라 생각했다.

또 유키 히데오 이외에도 새로운 S등급 헌터가 출현할

것이라는 근거 없는 장밋빛 희망을 꿈꾸고 있었다.

일반인들은 S등급 헌터가 희망한다고 해서 바로 나오는 것도 아니고, 뛰어난 자질과 충실한 지원, 마지막으로 운까지 작용해야만 탄생한다는 것을 잘 알지 못했다.

만약 일본 정부 인사들의 바람대로 S등급 헌터가 쉽게 나오는 것이라면, 한국에서는 훨씬 이전에 더욱 많은 새로운 S등급 헌터가 나왔을 것이다.

하지만 S등급은 결코 바란다고 오를 수 있는 경지가 아니기에 물심양면으로 지원받고, 엄청난 실전을 겪으면서도 쉽사리 오르는 길을 허락하지 않았다.

그 때문에 작은 깨달음만 남겨 둔 상태에서도 김태형이나 재환이 7등급 끝자락에서 마지막 관문을 통과하지 못하고 정체하고 있는 것이다.

쿵쿵!

쾅쾅!

크워워!

고지라는 칼리크에 이어 일본의 헌터들이 내지르는 공격을 몸으로 받은 탓에 상당히 고통스러운 듯 울음을 터뜨렸다.

그러면서도 고통에 비명만 지르는 것이 아니라 간간히 헌터들을 향한 공격도 잊지 않았다.

크라라!

쾅!

커다란 기둥을 연상시키는 굵은 꼬리를 휘둘러 헌터를 공격하는 것은 물론이고, 자유로운 양손을 이용해 거대한 물체를 집어던지기도 하였다.

그뿐만 아니라 입에서 불꽃을 내뿜으며 거칠게 저항했다.

화르륵!

"으악!"

그 때문에 몇몇 헌터들은 이를 피하지 못하고, 온몸에 불꽃을 뒤집어쓴 채 비명을 질러 댔다.

"이잇!"

"제기랄!"

재앙급 몬스터 레이드에 희생이 없을 수는 없다.

그럼에도 헌터들은 옆에 있던 동료가 몬스터의 공격을 피하지 못하고 비명을 지르는 것에 인상을 찡그릴 수밖에 없었다.

하나 지금 상황에서 그들을 구할 수 있는 것도 아니었다.

오히려 이러한 걸 막기 위해서라도 더욱 공격에 힘을 쏟는 것이 나을 것이었다.

"무턱대고 공격을 하지 말고, 몬스터의 공격을 잘 보고 피한 뒤에 공격해라!"

칼리크는 너무나도 무능한 헌터들의 모습에 성토하듯 고

함을 질렀다.

"하잇!"

쿵! 쿵!

그 말이 끝나기 무섭게 연속적으로 고지라의 꼬리가 헌터들이 있는 곳을 내리쳤다.

하지만 이번에는 이를 잘 지켜보고 있었는지, 고지라의 꼬리 공격에 희생된 헌터는 아무도 없었다.

*　　　　*　　　　*

구워어!

펑! 펑!

파지직!

몬스터의 비명과 폭음, 그리고 번쩍이는 섬광이 난무하는 도쿄만 인근 몬스터 레이드 현장이였다.

그 모습이 내려다보이는 어느 빌딩 옥상.

일단의 사람들이 난간 가까이에서 레이드가 펼쳐지고 있는 현장을 지켜보았다.

일본의 재앙급 몬스터 레이드라고 해서 조용히 이를 지켜보던 백강현이 현장을 보고는 한마디를 하였다.

"쇼를 하고 있군."

백강현이 저 멀리 보이는 레이드 현장을 보며 쇼라고 표현하자, 그 뒤에 서 있던 팀 저스티스의 팀장인 이종섭이 조심스럽게 물었다.

"쇼라니 그게 무슨 말씀이십니까?"

어딘가 약해 보이긴 하지만 어쨌든 재앙급 몬스터 레이드 였고, 그의 눈에는 일본의 헌터들이 치열하게 싸우는 것으로 보였다.

그런데 뜬금없이 쇼라니. 백강현 길드장이 그렇게 표현한다는 것이 선뜻 이해 가지 않았다.

"너희가 보기에는 어떠냐?"

오랜 기간 자신의 곁에서 생사를 함께한 이종섭과 팀 저스티스의 멤버들에게 물었다.

백강현은 의문을 풀어 주기보다는 답을 찾기 바라는 마음에서 물어본 것이었다.

"음, 일본 헌터들의 수준에 비해 몬스터에게 들어가는 대미지가 상당한 것 같습니다."

"몬스터가 등급에 비해 좀 떨어져 보입니다."

길드장인 백강현의 질문에 저스티스 멤버들은 각자 자신이 보고 느낀 점을 하나씩 이야기하였다.

그 뒤로도 계속해서 답은 쏟아져 나왔지만, 몇 가지로 함축할 수 있었다.

첫째, 일본이 발표한 재앙급 몬스터가 지금까지 알려진 재앙급 몬스터들에 비해 수준이 떨어진다.

둘째, 일본 헌터 협회가 발표한 일본 유일의 S등급 헌터의 수준이 생각보다 괜찮다.

셋째, S등급 헌터를 지원하는 일본의 고위 헌터들의 수준은 아직 미흡하다.

하지만 정작 이들의 대답을 들은 백강현의 표정은 그리 밝지 않았다.

"혹시 저희가 한 대답이 마음에 들지 않으시는 것입니까?"

백강현의 표정이 굳어진 것을 확인한 이종섭이 조심스럽게 물었다.

"아니, 완벽하진 않지만 잘 보고 판단한 것이었다."

"그럼 무엇 때문에 표정이 좋지 않은 것입니까?"

백강현의 대답에 고개를 갸웃거리며 이종섭이 다시 한번 질문하였다.

그런 이종섭의 물음에 백강현은 잠시 생각을 정리하듯 뜸을 들이다가 입을 열었다.

"음… 방금 너희가 이야기를 한 것처럼 일본 헌터 협회가 주관하는 이번 레이드를 놓고 보면 뭔가 석연치 않다."

"석연치 않다니요?"

이종섭은 백강현의 이야기를 듣고서 더욱 알 수 없는 표정이 되었다.

그가 어떤 점에서 그런 이야기를 하는지 그로서는 납득이 되지 않은 탓이었다.

하지만 그러거나 말거나 백강현은 자신이 느낀 것을 계속해서 이야기하기 시작했다.

"분명 재앙급 몬스터는 맞는데, 저것에게서 재앙급 몬스터만큼의 능력이 느껴지지 않다는 말이다."

"네?"

"아니 그게 무슨……."

백강현은 일본의 헌터들이 레이드하고 있는 괴수 고지라를 보면서 자신의 느낌을 이야기하였다.

이번 몬스터의 에너지를 기계로 측정했을 때는 분명 재앙급 몬스터에게서 기록된 에너지 파장의 범위에 들어갔다.

그것을 보면 일본의 발표대로 재앙급 몬스터가 맞을 터였다.

그렇지만 백강현은 직접 재앙급 몬스터와 그것을 초월한 몬스터 야마타노 오로치를 상대해 보았다.

이러한 경험이 있는 그로서는 저것이 절대로 재앙급 몬스터에는 미치지 못한다고 느껴졌다.

정확하게 표현하자면, 6등급 몬스터 중에서도 네임드나 엘리트 몬스터보다 살짝 높은 정도로 느껴졌다.

즉, 재앙급이라 불리는 6등급 보스 몬스터 정도는 아니란 소리였다.

더욱이 같은 위험 등급의 몬스터 중에서도 각각 편차가 있다고 하지만, 보스 몬스터는 그 밑의 엘리트 몬스터나 네임드 몬스터와는 그 존재감에서 확연한 차이를 가지고 있었다.

그런데 저기 있는 몬스터에게선 그러한 것이 아무것도 느껴지지 않았다.

네임드나 엘리트 몬스터보다 강할지는 몰라도 풍기는 존재감은 사실 그보다 못했다.

마치 정교하게 만들어 놓은 움직이는 인형과 인간의 차이만큼이나 확연한 차이를 보이고 있었다.

그 때문에 백강현은 의심을 하는 것이다.

일본 정부나 헌터 협회가 무엇 때문에 이런 일을 꾸미고 있는지를 말이다.

"저것 봐라. 일반적인 재앙급 몬스터와는 확연히 다른 움직임을."

"아!"

백강현의 말에 이종섭도 시선을 돌렸고, 그걸 보는 순간 짧은 탄성을 내질렀다.

"무슨 말씀인지 알겠군요."

백강현의 말이 무엇인지 깨닫게 된 이종섭이 짧게 대답을 하였다.

그리고 그와 함께 백강현의 뒤에 도열하고 있던 팀 저스티스의 멤버들도 조용히 고개를 끄덕였다.

지금 자신들이 보고 있는 것이 실은 비슷하게 만든 짝퉁이란 것을 알아차린 것이었다.

일본의 헌터들이 재앙급 몬스터라 알고 있는 고지라가 사실은 가짜일 뿐이라니, 직접 보지 않으면 상상치도 못할 일이었다.

문제는 누가 무슨 목적으로 저런 것을 만들었나 하는 것이다.

아니, 만든 것이 맞나 하는 것도 의심이 들었다.

일본의 헌터들이 레이드하고 있는 몬스터는 실제 살아 있는 몬스터라기보다는 무언가 인위적으로 만들어진 듯 움직임이 부자연스러웠다.

더욱이 몬스터의 공격이 강력하기는 하지만, 대체적으로 타격점이 맞지 않았다.

그 때문에 위력에 비해 헌터들에게는 그리 위협적이지 않았다.

그럼에도 레이드하고 있는 일본의 헌터들은 그런 것을 피하지 못하고 희생자가 발생하고 있었다.

"자세히 보니 저희들만으로도 레이드가 가능할 것 같군요."

이종섭은 일본 헌터들이 상대하고 있는 몬스터를 한참 바라보다가 그렇게 대답하였다.

"잘 봤다. 저 정도는 너희만으로도 충분히 가능하지."

백강현은 이종섭의 말을 받아 고개를 끄덕였다.

그가 생각하기에도 저 정도 몬스터라면 자신의 밑에 있는 이종섭과 팀 저스티스들 만으로도 충분히 사냥이 가능할 것이라 확신했다.

겉으로 보기에는 재앙급 몬스터만큼이나 위험해 보였지만, 지금 저기 보이는 몬스터는 6등급의 일반 몬스터보다 위협이 되지 못했다.

힘만 재앙급 몬스터에 근접하고, 다른 모든 것이 6등급의 일반 몬스터보다 못한 몬스터는 아무리 강력해도 위협이 되지 않았다.

차라리 힘은 부족하지만, 지능이나 본능이 뛰어난 몬스터가 헌터들에게는 더욱 상대하기 어려운 몬스터였다.

헌터들은 헌터 협회에서 측정하는 몬스터의 등급도 몬스터 사냥에 참고를 하지만, 가장 먼저 확인하는 것은 선배 헌터들이 다년간 쌓은 몬스터에 대한 정보였다.

그래야 몬스터 레이드 시에 돌발 변수를 줄이고, 안전한 사냥을 할 수 있기 때문이었다.

"이번 일본의 헌터 협회가 보인 태도나 저 석연찮은 몬스터를 보면 뭔가 변화가 올 것 같다."

"음……."

"그리고 그 변화는 아마도 우리 성신에 좋은 쪽은 아닐 듯싶다."

백강현이 판단하기로는 이번 일본 헌터 협회의 행보를 보면 자신들에게 그리 좋은 쪽으로 상황이 전개될 것 같지는 않았다.

그리고 무슨 방법을 쓴 것인지는 모르겠지만, 저 힘만 세고 별로 위협적이지 않은 몬스터까지 동원하여 쇼를 보여 주는 것을 보면, 그 의심은 확신이라고 할 수 있을 정도였다.

'전에 한국 헌터 협회의 이상한 주문도 있고, 아무리 뒤져 봐도 알 수 없는 의문의 존재들을 계속해서 찾는 것도 그렇고… 어떻게 하는 게 좋을까.'

백강현은 몇 달 전 한국 헌터 협회로부터 온 공문의 내용을 떠올렸다.

인류에 위협적인 존재가 일본에 숨어들었을지 모르니, 조사를 해 달라는 내용의 공문이었다.

조금 귀찮기는 하지만 일단 인류를 위협한다는 내용과 당시 일본에 벌어지고 있는 집단 실종 사태와 맞물려 조사를 해 보았다.

하나 조사를 하면 할수록 뭔가 늪으로 빠져드는 것 같은 느낌을 받았다.

누군가 자신의 눈과 귀를 막고 수렁으로 끌어들인다는 생각만이 꼬리를 물었다.

그런데 지금 와서 보니, 그동안 자신의 눈과 귀를 가로막고 있던 것은 아마도 일본의 헌터 협회가 아닐까라는 의심이 싹튼 것이다.

애초 백강현이 길드의 기반을 가지고 이곳 일본으로 넘어온 이유가 무엇이었는가.

'이미 한국에 자리 잡고 다른 경쟁자들이 크지 못하게 방해하는 기득권을 피해 온 것이었지.'

그 덕에 길드는 빠르게 성장하여 이제는 오래전 자신을 막던 한국의 대형 길드들, 아니, 부동의 1위 자리를 차지하고 있던 무신의 화랑 길드보다도 더욱 커졌다.

그저 외형적인 규모만 커진 것이 아니라 실질적으로 소속 길드원들의 수준까지 이제는 화랑을 넘어섰다.

이렇게 성신 길드가 성장할 수 있는 저변에는 어느 누구의 방해도 받지 않고, 한 국가의 지원을 온전히 받은 것이 가장 큰 이유였다.

그러니 이제 와서 일본 정부나 헌터 협회가 급한 불이 꺼졌다고, 부랴부랴 쫓아낸다고 해도 큰 미련은 없었다.

예전이야 좁은 한반도, 그것도 절반의 땅밖에 되지 않던 활동 영역에서 아옹다옹하였지만, 지금은 자신들이 한국으로 돌아가도 활동할 영역은 널려 있었다.

옛 북한 지역을 수복하여 헌터들의 활동 영역이 배 이상

늘었다.

뿐만 아니라 지금은 한국을 포함한 미국과 영국, 그리고 독일이 합작한 대륙 간 프로젝트로 인해 4개국 헌터들의 활동 영역은 한반도뿐만 아니라 다른 여러 대륙까지 뻗어 있는 상태였다.

그러니 일본이 어떤 음모를 꾸미고 자신들을 따돌리고 있는지는 모르겠으나, 사실 그건 헛수고하는 것이나 마찬가지였다.

이런저런 핑계나 계략없이 그냥 가라고 하면 되는 일이었다.

일본 정부와 헌터 협회가 그리 말을 한다고 해도 백강현에게는 이제 미련이 없었다.

성장할 대로 성장한 성신 길드에게 고위 사냥터가 몇 없는 일본은 좁게 느껴지던 차였다.

한국보다 넓은 땅을 가지고 있기는 하지만, 일본은 섬나라라는 한계와 한국보다 적은 숫자의 고위급 던전으로 인해 갈수록 헌터들 간의 사냥터 경쟁이 심화될 것이었다.

그럴 바에는 굳이 일본을 고집할 필요가 없었다.

다만, 이곳 일본에서는 그동안 경쟁자들이 없어 땅 짚고 헤엄치듯 쉽게 사업을 해 왔지만, 헌터 강국인 한국에 들어가면 경쟁이 심할 것이다.

그러한 장단점이 있기에 백강현은 계속해서 고심을 했고,

꽤나 오랜 시간이 흐르고서야 입을 열었다.

"이만 일본 사업을 정리한다."

백강현은 헌터로서도 최고지만, 사업가로서도 그의 감각도 만만치 않았다.

그렇기에 사업 기반을 옮기는 것에도 과감한 선택을 하여 길드를 최고의 길드로 성장시킬 수 있었다.

그리고 지금 과거와 같이 다시 한번 과감한 결정을 내렸다.

와아!

백강현이 성신 길드의 일본 철수를 결정하고 있을 때, 빌딩 안에서 커다란 함성이 들렸다.

이에 백강현과 팀 저스티스 멤버들이 다시 고지라에게 시선을 돌렸다.

고지라의 몸에 사람이 올라가 있었고, 또 그런 고지라의 사지 중 하나가 몸에서 떨어져 나간 것이 보였다.

'확실히 일본에도 S등급 헌터가 탄생한 것 같군.'

사실은 정체를 숨긴 이계의 침입자였지만, 이를 알지 못하는 백강현으로서는 일본에 정말로 S등급 헌터가 나왔다고 생각할 수밖에 없었다.

만약 몇 달 전이라면 칼리크가 숙주인 유키 히데오와 완벽한 동화를 이루지 못하였기에 백강현 정도의 헌터라면 뭔가 이상하다 느낄 수 있었을 터였다.

하나 현재 칼리크는 숙주인 유키 히데오와 완전하게 동화하였기에 이제는 이상함을 느낄 수조차 없었다.

지금 상태의 칼리크를 알아볼 수 있는 존재는 현재 지구상에 손에 꼽힐 것이었다.

마족과 대척점에 있는 전투천사인 도리아나, 순수한 자연의 존재인 최상급 정령들, 그리고 그들과 계약한 지구 최강의 헌터인 재식 정도가 전부였다.

물론 백강현은 지구상 헌터들 중에서도 손에 꼽힐 정도로 강한 존재이긴 하였다.

하나 그는 마족을 상대해 본 적도 없을뿐더러 순수한 에너지를 파악할 수 있을 정도의 기감을 가지지 못한 탓에 칼리크를 알아차릴 수 없는 것이었다.

그러니 저 멀리 유키 히데오의 껍데기를 쓴 칼리크를 보면서도 이상을 느끼기보다는 일본의 헌터 협회에 더욱 의심의 눈초리를 보낼 뿐이었다.

저벅저벅.

백강현이 잠시 칼리크가 고지라를 상대하는 것을 돌아보다가 이내 발길을 돌렸다.

그러자 뒤에 도열해 있던 이종섭과 팀 저스티스 멤버들도 잠시 저 멀리 레이드 현장을 한 번 쳐다보고는 백강현의 뒤를 따랐다.

휘잉!

백강현과 팀 저스티스 멤버들이 떠난 빌딩 옥상에는 강한 바람이 불어 조금 전 옥상을 달구던 그들의 온기를 날려 버렸다.

5. 성신 길드의 일본 철수와 재식의 의심

TV 화면에 고지라와 싸우는 사람들의 모습이 비쳤다.

쿠구구궁!

커다란 몬스터가 쓰러지며 커다란 소리를 냈고, 그와 함께 흙먼지와 부셔진 건물의 잔해가 사방으로 비산했다.

그리고 조금의 시간이 흐르자, 쓰러진 몬스터로 인해 피어오른 먼지들이 모두 가라앉았다.

이내 전경이 드러나자 이를 지켜보던 사람들은 일제히 환호성을 질렀다.

"와!"

"만세!"

"유키 히데오, 만세!"

"우리도 해냈다."

쓰러진 몬스터의 사체를 보는 사람들은 각자 흥에 겨워 고함을 지르고 큰 소리를 내뱉었다.

틱.

리모컨의 버튼이 눌러지고, TV 화면은 검게 물들었다.

드르륵!

웅성웅성.

TV 화면이 꺼지자 쥐죽은 듯 조용하던 실내가 그제야 소란스러워졌다.

"조용!"

이종섭이 소란을 잠재우기 위해 짧게 소리쳤다.

성신 길드의 여러 조직 중 가장 강력한 무력을 가지고 있으며, 길드장 직속인 팀 저스티스의 팀장의 외침이었다.

"곧 길드장님께서 오실 것이니 복장을 단정히 하고 대기하도록!"

이종섭은 자신의 할 말을 끝내고 자리에 앉아 조용히 눈을 감았다.

'일본에서 철수한다라······.'

몇 시간 전 일본의 재앙급 몬스터 레이드가 펼쳐지고 있던 도쿄만 인근의 빌딩에서 들은 말이 그의 머릿속을 스치고 지나갔다.

'허참, 길드장님은 일본에서의 기반이 아깝지 않은 건가?'

당시 말을 들었을 때만 해도 길드장인 백강현의 선택이니 당연히 따라야 한다는 생각만 들었다.

하지만 그로부터 몇 시간이 흐른 뒤, 지금은 조금 아깝다는 생각이 들기 시작한 것이다.

일본에 S등급 헌터가 나왔고, 또 그를 보조할 만한 고위 헌터도 이제는 제법 되었다.

그 때문에 앞으로 일본 헌터 협회가 지금까지 자신들에게 주던 혜택을 어느 정도 줄일 것이란 것을 미뤄 짐작할 수 있었다.

그렇지만 그 정도는 감수할 수 있지 않을까란 생각이 드는 것도 사실이다.

아니, 지금까지 자신들이 일본으로부터 받은 혜택이 이례적인 것이라 할 수 있었기에 이종섭으로서는 아깝다는 생각이 지배적이었다.

그도 그럴 것이, 일본에서 받던 혜택과 한국으로 돌아가서 겪어야 할 고생이 절로 머릿속에서 비교되었고, 그런 생각을 할수록 더욱 더 일본에 남는 게 좋지 않을까 싶은 것이다.

'하~ 돌아가게 되면 또 그놈들과 경쟁해야 하는 데……'

몇 년 전까지만 해도 성신 길드를 압박하는 대형 길드들로 인해 한국에서는 제대로 기를 펴지 못했다.

무려 S등급 헌터를 수장으로 두고 있으면서도 국내 헌터 길드 서열은 30위 정도에 지나지 않았으니, 더 이상 할 말조차 없었다.

그렇다고 아무것도 안한 것은 아니었다.

길드의 세력을 넓히기 위해 수많은 노력을 봤지만, 어떻게 할 도리가 없었다.

모기업인 성신 제약의 능력이 그 정도밖에 되지 않았기에, 아니, 길드장인 백강현의 능력이 있었기에 그 정도나마할 수 있던 것이다.

만약 백강현이 S등급 헌터가 아니고 재앙급 몬스터를 레이드한 경험이 없었더라면, 30위가 아니라 100위권 내에 이름을 올리기도 힘들 것이 분명했다.

그만큼 모기업인 성신 제약의 규모나 로비력이 다른 대형 길드를 밀고 있는 기업들에 비해 떨어졌기 때문이다.

다행히 성신 길드의 길드장인 백강현은 단순하게 무력만 뛰어난 헌터가 아니었다.

그의 사업가적 기질도 S등급.

그렇기에 국내 재벌 서열 100위에 간신히 걸친 성신 제약의 차남으로 태어났지만, 과감하게 헌터의 길로 들어섰다.

그리고 S등급 헌터가 되어 100위권 미만에서 놀던 성신 길드를 무려 30위에 오르게 할 정도의 수완을 발휘하였다.

길드의 성장은 결코 길드장의 무력만 강하다고 이룰 수 있는 것이 아니었다.

물론 어느 정도 작용을 하겠지만, 조직이 어느 정도 성장하면 그 다음부터는 개인의 무력보다는 조직을 운영하는 운영 능력이 더욱 중요했다.

그런 것을 보면 백강현은 헌터가 아닌 사업가로 시작하여도 큰 성공을 거둘 것이 분명했다.

하지만 백강현은 결국 헌터가 되었고, 헌터들의 정점이라 할 수 있는 S등급 헌터가 되었으며, 부동의 1위인 화랑을 제치고 그 자리를 차지했다.

현재는 헌터의 숫자부터 명성까지, 성신 길드는 모든 것에서 화랑을 완벽하게 앞질렀다.

물론 대한민국 헌터의 상징이라 할 수 있는 화랑 길드의 길드장, 무신 이용진의 부재가 한몫했다는 세간의 평판이 있긴 했다.

하나 이종섭의 생각은 조금 달랐다.

무신 이용진이 화랑에 있더라도 성신이 화랑을 넘어서는 것은 기정사실이었을 것이다.

그만큼 그동안 백강현이 행한 일들이 무신 이용진이 대격변 초기에 보여 주던 것만큼이나 뛰어난 업적이 많기 때문이었다.

대격변 초기에 무신 이용진은 분명 충격적일 만큼의 전율이 있었다.

몬스터로 인해 절망에 빠져 있던 사람들에게 희망을 각인시켜 주었을 정도로 말이다.

하지만 시간이 지나면서 몬스터는 대격변 초기보다 더욱 강력해졌고, 다른 헌터들의 질도 높아졌다.

과거에는 소수의 특수한 존재들만이 몬스터의 위협으로부터 국민들을 지킬 수 있었지만 이제는 아니다.

마음만 먹는다면 일반인들도 약물을 통해 당시의 초인들만큼의 힘을 드러낼 수 있게 되었다.

이종섭이 생각하기에 대한민국 최초의 S등급의 타이틀과 무신이란 닉네임을 가지게 된 이용진은, 어느 정도 과대 포장이 되었다 생각했다.

실제로 무신이 활동할 당시만 해도 헌터를 움직이는 것은 그리 큰 운용 능력이 필요하지 않았다.

그도 그럴 것이, 그 당시에 헌터는 지금과 다르게 군에 소속된 특수부대원이었기 때문이다.

그러니 헌터들을 지휘하는 이들은 굳이 사업가적 기질이 필요하지 않았다.

그저 하달된 명령만 아래로 전달하면 되는 것이었다.

그에 반해 백강현이 활동할 때는 이미 헌터 길드가 활성화되어 있는 상태.

당시에는 특수부대가 정치인과 재벌들에 의해 조각나 민간으로 스며들었다.

그때부터 헌터들의 삶의 방향과 질이 전혀 다르게 바뀌었다.

그러다 보니 우후죽순 생겨난 헌터 길드로 인해 과도기가 생기기도 했다.

그럼에도 군 출신들이 주축이 된 화랑 길드가 대한민국 길드 랭킹 1위를 할 수 있던 것은 무신 이용진에게 어느 정도 사업가적 기질이 있기 때문이기도 했다.

이용진은 그렇게 부대가 해체가 되자 자신의 밑에 있던 특수부대원들을 모았다.

그러고는 마치 대격변 이전 외국에서 활동하던 PMC(민간 군사 기업)처럼 화랑이란 길드를 만들어 국가와 계약하였다.

그 당시 몬스터를 상대하는 특수부대가 해체되고 민영화되면서 헌터들을 관리할 헌터 협회를 설립하였다.

하지만 당시는 헌터 협회는 제대로 된 무력을 갖추지 못한 때였다.

그래서 어쩔 수 없이 정부는 이용진이 세운 화랑에 의뢰를 맡길 수밖에 없었다.

그 당시만 해도 이용진을 따르는 군인 출신 헌터들이 많았기에 화랑은 가장 큰 헌터 길드이기도 하여 딱히 다른 방안이 있던 것도 아니었다.

그렇게 국가의 의뢰를 받아 가장 먼저, 또 가장 많은 던전을 토벌하다 보니 빠르게 발전하였다.

이에 반해 백강현은 이미 화랑과 재벌들의 후원을 받은 길드들이 자리를 잡은 뒤에서야 뒤늦게 뛰어들다 보니, 성장을 하는 데 한계가 있었다.

그 때문에 S등급 헌터가 길드의 수장으로 있으면서도 10대 길드에 들어가지 못한 것이었다.

그렇지만 백강현은 그 마의 벽을 허물 방법을 모색했고, 국내에선 불가능하다 판단해 빠르게 외국으로 눈을 돌렸다.

그러자 마침 재앙급 몬스터 때문에 헌터 전력이 무너진 일본이 성신 길드에게 손을 내밀었다.

성장을 위해 해외로 시선을 돌린 백강현에게 일본의 손은 잘 닦인 고속도로와 같았다.

달릴 준비가 된 스포츠카 앞에 아무것도 방해받지 않을 장애물이 하나 없는 직선 도로가 펼쳐진 것이다.

그렇게 일본으로 사업장을 옮긴 성신 길드는 예상대로 승승장구하였다.

늘어난 사냥터로 인해 길드에 소속된 헌터들은 막힘없이 성장을 하였고, 그에 힘입어 신규 헌터들도 대거 영입할 수 있었다.

백강현은 상황이 나아졌다고 소속된 헌터들을 다른 대형 길드들처럼 그냥 내버려 두지 않았다.

오히려 그들이 더욱 날뛸 수 있게 기반을 마련해 주었다.

그러다 보니 성신 길드는 얼마 지나지 않아 화랑 길드의 아성을 넘어서게 되었다.

물론 무신 이용진의 부재로 인해 화랑의 명성은 예전만 못하긴 했다.

아직까지 규모면에서 손에 꼽을 정도로 명성을 유지하고는 있지만, 자신들이 그들의 아성을 넘어선 뒤로 또 다른 신생 길드에 밀리고 있었다.

아니, 어쩌면 자신들도 위협이 느껴질 정도로 그 신생 길드의 추격은 무서울 정도로 빠르게 커 갔다.

더욱이 그 길드의 수장은 자신들과는 상당히 껄끄러운 사이였다.

한때 성신 길드의 길드원으로 소속되어 있었으나, 사고로 인해 탈퇴한 헌터였다.

정확하게 말하자면 사고를 숨기기 위해 퇴출한 것에 불과했다.

이종섭도 어느 정도 그 내막을 알기에 씁쓸한 마음이 들기도 했다.

당시에는 길드의 발전을 위해 불필요한 요인을 안고 가는 것은 바람직하지 않다고 판단을 했다.

하지만 지금에 와서 생각하니, 그런 생각이야 말로 예전 대형 길드들이 자신들을 압박하고 성장하지 못하게 하던 것과 같은 행동이란 생각이 들었다.

이러한 생각을 이종섭이 하고 있을 때 누군가 문을 열고 들어왔다.

"길드장님, 들어오십니다."

막 들어온 그는 길드장인 백강현이 회의장에 들어온다는 보고를 하고는 문 옆에 기립하여 대기하였다.

드르륵.

이에 자리에 앉아 있던 성신 길드의 간부들이 일제히 자리에서 일어나며 백강현 길드장을 맞이했다.

"모두 자리에 앉게."

그의 말에 모두 자리에 앉자 다시금 말을 이었다.

"조금 전 미야모토 신타로 회장으로부터 통보를 받았다. 그가……."

그 뒤로 한참을 이야기한 백강현은 잠시 말을 멈추더니,

이내 굳은 표정으로 자신의 생각을 이야기하였다.

"일본은 이미 우리를 버리기로 결정한 것 같다."

이미 일본이 성신 길드를 제외한 채 재앙급 몬스터 레이드를 한다고 발표한 시점에서 어느 정도 의심하고 있었다.

아니, 이후 레이드 현장의 모습을 지켜본 뒤로는 의심을 넘어 아예 확신을 가지고 있었다.

그리하여 백강현은 천천히 준비하여 성신 길드의 기반을 한국으로 옮길 생각을 가지게 되었다.

하지만 조금 전 미야모토 신타로의 이야기는 그의 예상보다 더 치졸했다.

이에 처음 세운 계획을 철회하고, 신속하게 일본에서 빠지기로 결정하였다.

그동안 일본 정부가 성신 길드에 주던 혜택 중 세금 감면이 있었다.

그 내용은 성신 길드가 일본에서 잡은 몬스터의 부산물은 반드시 일본에서 처리하는 조건으로 수익의 10%만 세금으로 납부하는 것이었다.

만약 성신 길드에서 부득이하게 몬스터의 부산물을 한국으로 가져가게 되면 비율에 따라 세금을 조금씩 더 낸다는 조건도 있었다.

하지만 성신 길드의 입장에서는 군이 부산물을 한국으로

가져가 일본과 한국에 이중으로 세금을 낼 필요가 없기에 그동안 일본에서 사냥한 몬스터의 사체와 마정석 등은 전량 일본에서 소비를 하였다.

그 때문에 성신 길드는 세금으로 나가는 비용을 대폭 줄일 수 있었고, 그 결과 길드가 성장하는 데 큰 도움이 되었다.

그러던 것을 자신과 단 한마디의 상의도 없이 일본에서 조항 자체를 파기하기로 결정한 것이다.

뿐만 아니라 몬스터 부산물을 외국으로 판매하는 것도 금지가 되었다.

이는 일본 정부가 성신 길드의 영업을 직접 나서 방해하겠다는 말이나 마찬가지였다.

한마디로 나가라는 뜻.

그러니 길드장인 백강현의 입장에서는 굳이 일본에 남아 활동을 영위할 이유가 없어진 것이다.

한때 서로의 뜻이 맞아 손을 잡기는 했지만, 이제 서로의 뜻이 달라졌으니 미련을 갖고 매달릴 필요가 없었다.

물론 백강현도 이렇게 된 것이 아깝기는 하지만, 자신의 목적은 모두 이룬 상태였다.

여러모로 아쉬운 측면은 있으나, 다시 건너갈 한국에도 이제는 기회가 충분할 것이었다.

넓어진 국토와 그 위로 어느 누구의 손도 닿지 않은 버려진 땅이 한반도의 몇 십 배나 넓게 펼쳐져 있었다.

그러니 길드의 기반을 다시 한국으로 옮긴다고 해도 아쉬울 것이 없었다.

다만, 자신이 당하고 그냥 나간다는 것이 못내 찜찜할 뿐이었다.

이런 백강현의 이야기를 들은 성신 길드의 간부들의 표정이 구겨졌다.

"아니, 그놈이 길드장님께 그렇게 말했단 말입니까?!"

조용히 백강현의 이야기를 듣고 있던 이종섭이 놀란 눈으로 소리쳤다.

저스티스의 팀장으로 언제나 차분한 성격을 보이던 이종섭이었지만, 설마 일본의 헌터 협회장인 미야모토 신타로가 백강현에게 그런 막말을 했을 것이라고는 상상도 못했다.

자신들에게 온갖 감언이설을 하여 길드 전체를 이곳 일본으로 옮겨 오게 만든 것이 바로 미야모토 신타로 본인이었다.

물론 실제로 그가 말한 각종 혜택들이 쏟아지면서 성신 길드는 한국에 있을 때보다 비교도 되지 않을 정도로 성장한 것은 맞았다.

그런데 일본에 S등급 헌터가 한 명 나타났다고 하루아침에 이렇게 태도를 바꿀 줄은 상상도 못했다.

아무리 일본인들이 자신들의 이득을 위해 국제 규범을 잘 지키지 않는 족속들이라고는 하지만, 지금껏 저들의 생존을 책임지던 백강현과 성신 길드에게까지 이렇게 나올 줄은 몰랐다.

"겨우 S등급 헌터 한 명 생겼다고 우리에게……."

이야기를 듣고 있던 다른 간부들도 하나같이 똥 씹은 표정으로 미야모토 신타로와 일본을 욕했다.

"별 같잖은 몬스터 하나 잡고, 쇼를 하고 있네!"

일부 간부들은 일본인들이 보여 준 몬스터 레이드를 언급하며 화를 내기 시작했다.

탕! 탕!

하지만 백강현이 책상을 친 탓에 소란스럽던 회의장이 일순간 조용해졌다.

"조용! 내 말 아직 안 끝났다."

백강현은 간부들의 말을 조용히 듣고 있다가 크게 소리친 것이었다.

간부들의 소란을 중단시킨 그가 다시 이야기를 이어 갔다.

그의 말은 조금 전 처음 한 이야기에서 크게 벗어나지 않았다.

하지만 더 얘기가 진행되자 조금 다른 내용이 흘러나왔다.

"일본에서 무언가 음모가 펼쳐지고 있다. 하지만 그 주체가 일본 정부인지, 일본 헌터 협회인지, 그것도 아니면 제3의 존재인지 알 수 없다."

"그게 무엇인지 알 수 있을까요?"

어느 간부의 물음에 백강현은 생각을 해 봤다.

과연 신의 존재와 마족이라는 알 수 없는 종족에 대해 풀어도 될지 알 수가 없어서였다.

"그건 나중에 말해 주지. 하지만 이 얘기는 한국의 헌터 협회에서 직접 나온 말이니 어느 정도 신빙성은 있을 것이다."

잠시 말을 멈춘 백강현은 주변을 쓱 둘러보더니 다시 말을 이었다.

"우리가 이곳에 남아 피해를 볼 필요는 없다. 그러니 최대한 빨리 일본에서 철수할 수 있게 진행하도록!"

그렇게 백강현의 이야기가 끝나고, 성신 길드는 그의 결정대로 일본에서의 철수를 서둘렀다.

*   *   *

후우우우!

100m가 넘는 거대한 길이를 가진 용이 저수지의 물을 빨아들이고 있었다.

그러자 저수지로 모여 들던 물줄기도 점점 줄어들며 바닥을 드러냈다.

[이 정도면 된 것인가?]

슈마리온은 자신의 맹약자인 재식을 내려다보며 물었다.

"그래. 일단 그 정도면 돼. 그리고 잠깐만 정령계에 돌아가 있어 줘. 다리오가 일을 마치면 네가 해 줄 일이 남아 있으니까."

[알겠다. 그럼 다리오가 일을 마치면 다시 불러 주기 바란다.]

"알았어."

슈마리온은 좀 더 남아 있고 싶었으나, 재식이 최상급 정령인 자신과 다리오를 동시에 소환하게 되면 무척이나 힘들어진다는 것을 알고 있었다.

그 탓에 다리오의 일이 끝나면 다시 불러 달라는 말을 남기고 사라졌다.

재식은 정령계로 돌아가는 슈마리온에게 대답을 하는 다리오를 소환했다.

"다리오 소환!"

[오늘은 무슨 일인가? 재식.]

다리오는 오랜만에 소환한 재식에게 자신이 할 일이 무엇인지 물었다.

그런 다리오의 질문에 재식이 주변을 둘러보며 할 일을 알려 주었다.

"주변 땅을 단단하게 다져 주고, 또 전에 해 준 것처럼 주변에 10m 정도의 단단한 벽을 세워 줘."

지금까지 재식은 정령들과 함께 대륙을 연결하는 던전들 주변에 쉘터를 만드는 기초 작업을 하기 위해 움직이고 있었다.

가장 먼저 쉘터 작업을 한 곳은 하이롱장성의 치치하얼이었다.

그곳을 시작으로 두 번째 작업을 진행한 곳은 식량 수급을 위한 남미 브라질 파라나 주에 있는 던전이었다.

브라질에 있는 던전의 경우 입지 조건이 무척이나 좋았다.

그도 그럴 것이, 인근에 파라나 강이 있어 브라질과 파라과이, 그리고 아르헨티나와 볼리비아, 이들 네 개 나라와 연결하여 무역을 할 수 있는 입지적인 요건을 갖추고 있었기 때문이다.

이 때문에 미국과 영국, 그리고 독일 이들 3개국은 가장 먼저 쉘터 개발을 한 치치하얼보다 이곳에 더욱 힘을 쏟고 있는 중이었다.

아마 브라질의 던전은 모든 설비가 개발 완료되기 전에 무역이 시작이 될 것이라 예상되었다.

그리고 세 번째로 쉘터를 만들기 위해 우크라이나의 국경 인근에 왔다.

다만, 이곳은 다른 던전들과 다르게 물속에 생성된 던전이다 보니, 쉘터를 만드는 데 좀 더 힘든 편이었다.

물속이다 보니 무역을 위해선 일단 던전을 물 밖으로 꺼내야만 했는데, 그건 아무리 최상급 정령이라 해도 할 수 있는 일이 아니었다.

하지만 궁하면 통한다 하듯이, 불가능을 가능하게 하기 위해 궁리하다 보니 해결책은 의외로 간단했다.

물속에 있는 던전을 물 밖으로 꺼낼 수 없다면, 반대로 물을 빼내면 되는 일이었다.

그래서 재식은 물의 최상급 정령인 슈마리온에게 부탁하여 던전을 품고 있는 저수지의 물을 모두 빼냈다.

그리고 저수지에 물이 유입되지 못하게 물길을 돌려놓았다.

그렇게 슈마리온의 작업이 끝나자, 이번에는 대지의 최상급 정령인 다리오를 소환했다.

쉘터를 만들기 위해 중장비를 운용해야 하는데, 그러기에는 땅이 너무 물렀다.

하여 중장비를 운용하기가 너무나도 힘든 환경이었기에 이를 개선하기 위해 다리오에게 땅을 다지는 작업을 부탁한 것이었다.

[알겠다.]

다리오는 몇 차례 경험이 있다 보니 재식의 부탁을 단박에 알아듣고 그대로 작업을 하기 시작했다.

그러자 빠른 속도로 진흙이던 땅이 단단하게 굳어 갔다.

뿐만 아니라 던전을 기준으로 지름 10㎞ 정도의 넓은 공간을 둘러 토벽을 만들었고, 그 밖으로는 해자를 만들기 위한 구덩이가 생겨났다.

공간을 좀 더 넓게 만들 수도 있기는 했지만, 현재 재식이 보유하고 있는 정령력으로는 그 정도가 한계라 어쩔 도리가 없었다.

만약 이전처럼 다리오가 먼저 작업을 시작했다면, 좀 더 넓은 공간에 토벽을 세웠을 수도 있다.

오늘은 물의 최상급 정령인 슈마리온이 먼저 작업을 한 관계로 재식에게 남은 정령력이 이것뿐이었다.

그러나 지름 10㎞의 공간도 그리 좁은 공간은 아니었다.

더욱이 이곳 주변은 아직 몬스터 토벌이 이루어진 곳이 아니다 보니 괜히 쉘터를 너무 크게 만들게 되면, 토벽을 몬스터로부터 지키는 것에 많은 자원을 소비할 수가 있었다.

그럴 바엔 차라리 이 정도가 적당한 크기였다.

그렇게 대지의 최상급 정령이 재식의 부탁대로 적당한 크기의 쉘터 부지를 만들고 돌아갔다.

그 뒤 재식은 다시 물의 최상급 정령인 슈마리온을 소환하였다.

[그래 내가 또 해야 할 일은 무엇인가?]

최상급 정령들 중 가장 먼저 계약을 맺어서 그런지 몰라도 슈마리온은 다른 정령들보다 훨씬 더 재식의 부탁에 적극적이었다.

"응. 이번에도 저기 보이는 벽 둘레에 물을 채워 줘!"

재식은 다른 쉘터에서 그런 것처럼 다리오가 만든 토벽 너머로 방어를 위한 해자를 만들어 달라 부탁하였다.

[이번 것은 저번에 비해 작군.]

재식이 가리킨 토벽을 보고는 슈마리온이 고개를 끄덕이며 말하였다.

[네 정령력이 부족하여 더 많은 작업을 할 수 없을 것 같으니, 난 그것만 하고 돌아가 보겠다.]

슈마리온은 재식에게서 느껴지는 정령력이 별로 많지 않다는 걸 깨닫고는 토벽 너머로 사라졌다.

수아아아—

보이지는 않지만 토벽 너머에서 슈마리온의 작업하는 소음이 들렸다.

처음 저수지의 물을 빼기 위해 슈마리온이 사용한 정령력이 의외로 많았는지 조금은 벅찬 느낌이었다.

그나마 마력이 있어 이것을 정령력으로 치환하였기에 슈마리온이 토벽 너머에서 작업을 이어 갈 정도는 만들어 낼 수가 있었다.

하지만 슈마리온이 토벽 둘레에 해자를 완전히 만들고 나니, 이제는 정말로 그 자리에 서 있을 힘조차 없어 다리가 후들거렸다.

"오늘은 여기까지 해야겠다. 에휴, 지치네."

너무 힘든 탓에 정말이지 더 이상 모든 것이 귀찮은 재식은 그렇게 혼자 중얼거리고는 저 멀리 언덕에 마련된 임시 숙소로 걸어갔다.

그런데 재식의 일상은 쉘터의 기반을 다지는 것으로 끝난 것이 아니었다.

모든 힘을 써서 쉬기 위해 숙소로 향하는 그를 부르는 목소리가 있었다.

"재식!"

타타타탁!

재식을 부르며 달려온 이는 나이를 떠나 친구가 된 슈타예거의 차기 마스터인 흉켈 슈미츠였다.

몬스터 토벌 때 실수로 잃은 오른팔을 새롭게 만들어 주고, 함께 몬스터를 토벌하면서 인연을 맺은 두 사람은 나이 차이가 한참이나 남에도 통하는 것이 있어 서로 친구가 되었다.

"무슨 일이야?"

"어? 뭘 했길래 그렇게 지쳐 있는 거야?"

홍켈은 무언가 이야기를 하려다 말고 너무나도 지쳐 보이는 재식의 얼굴을 보며 물었다.

"아아, 있어. 그냥 너무 힘을 사용해서 그래. 그보다 뭔데 그렇게 급하게 달려온 거야?"

재식은 별거 아니라는 듯 대답하고는 다시 홍켈이 뛰어온 이유를 물었다.

"아, 너 이야기 들었어?"

밑도 끝도 없이 이야기를 들었냐는 홍켈의 질문에 재식은 눈만 깜빡이며 그를 쳐다보았다.

그러자 홍켈이 다시 이야기를 시작했다.

"들었으면 무슨 말인지 바로 알 텐데, 네 반응을 보니까 못 들었나 보네. 그러니까 말이야……"

홍켈은 급히 조금 전 자신이 들은 정보를 재식에게 들려주었다.

그의 이야기는 재식과 직접적인 연관은 없지만, 재식이 관심이 있을 만한 이야기였다.

물론 그걸 홍켈이 알고서 한 말은 아니겠지만 말이다.

어쨌든 결과적으로 재식이 주목하고 있는 나라의 이야기였고, 이를 들은 재식은 없던 힘이 돌아온 것인지 눈을 반짝였다.

"일본에서 S등급 헌터가 나왔다는 말이지? 흐음……."

"그렇다니까? 그리고 그 S등급 헌터가 상당히 강한지 재앙급 몬스터를 예상보다 빠르게 처리했다는 거야."

흉켈도 정확한 정보를 알고 있는 것은 아니었다.

쉬고 있던 중 잠시 본 TV 화면에 해외 토픽으로 잠깐 언급이 된 것이었다.

자국의 뉴스는 아니지만, 그래도 S등급 헌터의 등장이었기에 관심을 가지고 보게 되었다.

하지만 뉴스에도 자세한 내용은 나오지 않았고, 그저 아시아 동쪽에 있는 일본이란 나라에서 S등급 헌터가 탄생한 것만 알려 주었다.

그리고 그 S등급 헌터가 다른 헌터들의 지원을 받아 일본의 수도인 도쿄에 출현한 재앙급 몬스터를 퇴치했다는 간단한 내용이었다.

레이드에 대한 자세한 정보는 없었지만, 일본의 헌터들이 재앙급 몬스터를 레이드하기 위해 사용한 시간은 정확하게 나와 있어다.

그 탓에 흉켈이 지레짐작하여 그런 평가를 한 것이었다.

"그런데 이상한 이야기가 하나 껴 있어."

이야기를 하던 흉켈은 갑자기 목소리 톤을 낮추더니, 은밀하게 이야기하였다.

"무슨 이야기?"

"일본에 출현한 재앙급 몬스터의 상태가 이상하다더라고."

"몬스터의 상태가 이상해?"

"그렇다니까. 측정기에 뜬 에너지 반응은 분명 재앙급 몬스터에서 나올 만한 파장인데, 몬스터 자체 반응은 재앙급에 훨씬 미치지 못했대."

"그게 그럴 수 있나?"

재식은 흉켈의 이야기에 고개를 갸웃거리며 질문하다가 뭔가가 떠올랐다.

'키메라? 아니, 키메라라고 하기엔 뭔가 이상하고… 그럼 골렘인가? 그것 말고 다른 것이 더 있는데 그게 뭔지 모르겠네.'

뭔가 떠오를 것 같으면서도 떠오르지 않자, 재식은 인상을 찡그렸다.

"왜? 어디 아파?"

요즘 너무 많은 일을 하는 재식이기에 흉켈은 혹시 스트레스를 받아 그런가 싶어 물어봤다.

아무리 초인과도 같은 헌터, 그것도 정점에 서 있는 S등급 헌터라고는 하지만, 만병의 원인인 스트레스는 강인한 헌터조차도 힘들게 하고 병들게 한다.

그렇기에 헌터라고 방심을 하다가는 자칫 정신적으로 문제가 생겨 빌런이 되는 헌터도 종종 나왔다.

"아니. 그런 건 아니고… 네 이야기에 뭔가 떠오를 듯한데 정확하게 기억이 나지 않아 그래."

"아, 난 또 뭐라고."

흉켈은 괜한 걱정을 했다는 듯 웃으며 재식을 가만히 쳐다보았다.

"왜?"

"그냥 네가 뭔가 떠오를 것 같다고 해서 기다리고 있었어."

"음……."

엉뚱한 흉켈의 대답에 재식은 잠시 흉켈을 쳐다보다 다시 생각을 해 내기 위해 눈을 지그시 감고 생각에 잠겼다.

"둘 다 여기서 뭐 해?"

언제 다가왔는지 두 사람의 곁에는 영국의 왕자인 헨리 윈저가 다가와 있었다.

"재식이 일본의 그 이상한 몬스터에 대해 뭔가 아는 거 같다더라고."

"아, 그래? 네가 생각해도 그 몬스터 이상하지?"

헨리는 뭔가 흉켈보다는 조금 더 구체적으로 질문을 해 왔다.

아마도 한 나라의 왕자이다 보니, 조금 더 알고 있는 것이 있나 보다.

"그놈의 움직임은 살아 있는 생명체라기보다는 무슨 로봇에 인형 탈을 씌워 놓은 것처럼 어색하던데 왜 그런지 모르겠더군."

헨리 왕자도 그 재앙급 몬스터에게서 느껴지는 위화감을 찾기 위해 상당히 많은 생각을 한 듯 보였다.

'아, 콥스 골렘!'

재식이 헨리 왕자의 말에서 떠올린 것은 바로 시체로 만든 인공 생명체인 콥스 골렘이었다.

골렘은 고위 마법사가 자신의 안위를 지키거나, 혹은 자신의 던전을 지키기 위한 가디언으로 많이 사용되었다.

만들 때 들어가는 재료에 따라 이름이 다르게 분류가 되는데, 예를 들어 돌로 만들어진 골렘은 락 골렘 또는 스톤 골렘이라 불리며, 쇠로 만들어진 골렘은 아이언 골렘이라 불린다.

고위 마법사 중에는 골렘을 특수한 재료로 만드는 자들도 있었다.

이중 흑마법사가 시체를 가지고 만드는 골렘이 있는데, 사실 좀비도 어떻게 보면 이 종류에 들어간다고 볼 수 있었다.

그리고 시체를 이용한 골렘 중에는 일반적인 좀비 크기의 것이 아닌, 전쟁 병기 목적으로 높은 성벽을 넘거나 혹은

거대 몬스터 사냥을 위해 크게 만든 콥스 골렘이라는 것도
존재했다.

이 사실을 알고 있는 재식은 일본에 나타난 재앙급 몬스
터란 것이 아무래도 콥스 골렘이 아닐까 추측했다.

30m 크기라면 재앙급 몬스터라 보기 딱 적당하고, 또
이야기를 들어 보니 도쿄에 나타난 그 몬스터의 생김새가
자신이 알고 있는 몬스터의 형태와는 너무나도 동떨어져 있
었다.

칸트라 차원에 있는 몬스터 중 도쿄만에 나타난 몬스터와
같은 외형은 존재하지 않기 때문이었다.

그러니 아마도 그 몬스터는 누군가 목적을 가지고 의도적
으로 만든 것이 분명하다고 생각했다.

여기까지 생각이 미치자, 또 다른 정보가 재식의 머릿속
에 떠올랐다.

'마족!'

일본에는 마족의 흔적이 나타나 있었다.

재식은 그것을 뒤늦게 떠올리고는 눈을 반짝였다.

일본의 수도에 나타난 재앙급 몬스터.

또한 칸트라 차원에도 존재하지 않는 몬스터.

이런 게 머릿속에서 조합되자, 도쿄에 나타난 몬스터가
누군가에 의해 인위적으로 만든 것이 분명해졌다.

그리고 누군가 인위적으로 만들었다면, 그건 일본에 스며

든 마계의 존재가 확실하리라.

그런 생각을 하니 조금 전 흉켈에게 들은 일본에서 나타난 S등급 헌터가 의심스러워졌다.

물론 재식의 괜한 기우일지도 몰랐다.

재능이 뛰어나고, 헌터로서의 많은 경험과 숙련도와 어떠한 계기만 주어진다면, 이른 시간에도 S등급 헌터가 될 수 있었다.

그 좋은 예가 바로 재식의 친구이자, 언체인 길드의 두 번째 S등급 헌터이인 최수형이었다.

그렇지만 S등급이란 것이 비슷한 경험을 한다고 무조건 오를 수 있는 것은 아니다.

그렇다면 수형과 비슷한 자질을 가지고 있는 김태형이 아직까지 S등급에 오르지 못한 것은 말이 되지 않기 때문이었다.

그러니 일본에서 나온 S등급은 높은 확률로 마족일 가능성이 높다고 판단하였다.

'이번 프로젝트만 어느 정도 진행되면, 일본에 대해 조사를 해 봐야겠어.'

이것은 합리적인 의심이었다.

일본에서 벌어지고 있는 대량의 실종 사태.

느닷없이 나타난 S등급 헌터.

그리고 재앙급 몬스터라고 보기에는 너무나도 이상한

몬스터.

　이러한 것들이 있었지만, 그중에서도 특히나 칸트라 차원
이 아닌 지구에서나 볼 법한 외형의 몬스터가 이런 의심을
더욱 가중시켰다.

6. 최충식의 신무기

쾅!

숙소로 돌아온 최충식은 끓어오르는 분노를 참을 수 없어 힘껏 문을 열어젖혔다.

그 때문에 방문은 요란한 소리를 내며 덜컹거렸다.

"제길! 제길!"

쾅!

화를 주체하지 못한 최충식은 방 한편에 놓인 테이블을 손으로 내리쳤다.

그러자 그가 내리친 테이블은 충격에 견디지 못하고 부셔져 내렸다.

상판은 물론이고, 그것을 받치고 있던 철제 다리마저도 이를 견디지 못하고 찌그러져 버렸다.

우당탕탕!

그 탓에 요란한 소음이 온 방에 울려 퍼졌다.

바닥에는 부서진 테이블 파편들이 나뒹굴었다.

다다다.

"무슨 일이야!"

충식의 방에서 요란한 소음이 들리자 다른 방에서 헌터들이 뛰쳐나와 그의 방 입구에 몰려들었다.

그들은 모두 최충식이 팀장으로 있는 팀 비스트의 멤버들로 길드장인 백강현의 결정에 짐을 정리하고 있던 중이었다.

행여 무슨 일이라도 생긴 게 아닐까, 갑작스러운 소란에 서둘러 달려온 그들이었다.

"신경 꺼!"

하지만 자신을 걱정해 달려온 동료들에게 최충식은 소리쳤다.

그런 최충식의 모습에 팀 비스트 멤버들은 노골적으로 얼굴에 불편함을 드러냈다.

하지만 아무 말도 하지 않은 채 한숨을 팍 내쉬고는 이내 각자 자신의 방으로 다시 돌아갔다.

팀 비스트 멤버들은 이미 최충식의 독선적이고 충동적인

면모를 잘 알고 있었다.

그는 종종 저렇게 화를 낼 때가 있었는데, 그렇게 되면 아무도 그를 말리지 못했다.

설령 그게 그의 약혼녀인 백장미라도 해도 말이다.

그렇기에 최충식이 광분하는 모습을 보고도 별다른 말없이 각자 자신의 방으로 돌아간 것이었다.

팀원들이 무슨 생각을 하는지 전혀 관심이 없는 최충식은 눈을 번뜩이며 뭔가를 생각했다.

'절대 이대로 돌아갈 수 없어! 아니, 안 돌아가!'

이내 뭔가를 결심한 듯, 최충식은 곧바로 방을 빠져나가 서둘러 어디론가 향했다.

*   *   *

끼익.

차가 멈추더니 안에서 사람 한 명이 내렸다.

그는 지금껏 쌓아 온 일본의 기반을 버리고 한국으로 돌아간다는 길드장의 판단에 화를 내며 숙소를 뛰쳐나온 최충식이었다.

화를 주체하지 못한 최충식이 숙소를 빠져나와 도착한 곳은 도쿄에 있는 거대한 블랙마켓이었다.

많은 불법 거래가 자행되는 곳, 그중에서도 도쿄시 오타

구에 있는 구 도쿄 국제공항은 가장 큰 블랙마켓으로 유명
했다.

이곳에 없는 것은 전 세계 어느 곳에도 없을 거라 말할
정도로 허가된 물건은 물론이고, 금지가 된 그 어떠한 것도
거래가 가능한 곳이었다.

그 거래 가능한 물품 중에는 사람은 물론이고, 살아 있는
몬스터까지 거래가 되고 있었다.

살아 있는 몬스터는 특별히 허가를 받은 기관이 아닌 이
상 거래가 불가능했다.

그럼에도 불구하고 이곳에서는 버젓이 자행되고 있었
다.

이처럼 특별한 장소인 오타구 블랙마켓에서 최근 새로운
물건이 팔리기 시작했다.

바로 마병.

악마의 저주가 깃든 무기였다.

처음 마병이 알려진 것은 한 사고 때문이었다.

한 5등급 헌터가 술에 취해 난동을 부린 사건이 있었는
데, 단순한 취객 사건임에도 불구하고 많은 사상자가 발생
한 것이다.

사상자 중에는 난동을 부리던 헌터를 제압하기 위해 출동
한 일본 헌터 협회 소속 헌터들마저도 다수 포함이 되어 있
었다.

한데 그 헌터 협회 소속 헌터들의 등급이 외부에 알려지면서 큰 소란이 있었다.

같은 등급은 물론, 한 등급 위의 헌터까지 있던 탓이다.

자신보다 강한 이들을 죽이는 것은 아주 특별한 힘을 가지지 않는 한 힘든 일이었다.

그리고 난동을 부리던 헌터에게 특별한 점이 없으니, 그가 사용한 무기인 칼이 주목을 받게 된 것이었다.

때문에 헌터들은 물론이고, 일반인들까지 칼의 정체에 대해 관심을 가지게 되었다.

물론 이 사건 하나만이라면 이처럼 크게 관심을 받지는 못했을 것이다.

처음 난동을 부린 헌터 이후에도 비슷한 사례의 사건들이 속속 알려지게 되었고, 그 사건들 또한 재조명을 받게 되었다.

아니나 다를까, 단순히 술에 취한 헌터가 난동을 부린 것으로 치부해 넘어간 사건들이 제법 있었다.

하나하나 사건을 들춰 보던 사람들이 가장 놀란 점은 가해자의 능력이 아닌, 피해자의 상처였다.

그들이 입은 상처가 시간이 지날수록 더욱 악화되어 가는 것이었다.

헌터가 부상을 당하면 치료가 우선시되는 것은 당연한

일이었다.

특히나 헌터의 수가 부족한 일본의 경우, 헌터의 부상에 대한 경각심이 높았다.

때문에 해당 사건 역시 일본 헌터 협회가 부상당한 헌터를 긴급 치료 캡슐에 넣는 등의 재빠른 대처를 보이기도 하였다.

그럼에도 불구하고 어찌된 일인지 최신 설비인 긴급 치료 캡슐로도 별다른 효과를 보지 못했다.

당시 헌터의 부상 정도는 10㎝ 정도의 자상을 여러 군데 입은 정도였다.

때문에 긴급 치료 캡슐만으로도 충분했을 터지만, 이상하게도 출혈이 멎지 않았을 뿐더러 상처가 더욱 벌어지기까지 한 것이다.

때문에 일본의 헌터 협회는 그보다 더 고가인 집중 치료 캡슐을 사용하기에 이르렀고, 다행히도 비싼 값을 하는 덕분인지 악화되어 가던 상처를 간신히 치료할 수 있었다.

이러한 소식이 일본 열도에 퍼지면서 전국의 헌터 협회는 비상이 걸렸다.

신속히 사건 현장에서 회수한 헌터의 무기를 자세히 조사한 결과, 난동을 부리던 헌터가 사용한 무기는 아티팩트로 밝혀졌다.

충격적이게도 해당 아티팩트로 인해 부상을 당한 대상에게 상처 악화라는 치명적인 저주가 깃드는 능력이 무기 안에 들어 있었다.

지금까지는 불꽃이나 냉기 등, 자연 속성의 능력이 들어 있던 아티팩트는 많이 있어 왔다.

아니, 대부분이 그러했다.

한데 이번에 조사된 무기처럼 생명체에 치명적인 효과가 있는 아티팩트는 지금껏 보고된 바가 없었다.

그 때문에 헌터들은 너 나 할 것 없이 저주가 깃든 아티팩트인 마병을 찾게 된 것이었다.

그리고 그 출처가 이곳, 오타구 블랙마켓이란 것이 얼마 지나지 않아 밝혀지게 되었다.

다행이라고 해야 할지, 이곳 오카구의 블랙마켓은 아무나 출입할 수 있는 곳이 아니었다.

자산이 최소 10억 엔 이상은 가지고 있어야 겨우 출입이 가능한 곳이었다.

심지어 마병의 물량조차 많지 않았기에 소문만 무성할 뿐, 한동안 세상에 모습을 드러내지 않았다.

하지만 어느 순간부터 블랙마켓에 출입하는 헌터들이 생기기 시작했고, 기어이 마병을 구해 세상에 공개하기까지 했다.

소문이 사실인 게 확실해지자, 거금을 가진 수많은 헌

터들이 이곳, 오타구에 있는 블랙마켓으로 몰리기 시작했다.

그리고 지금 최충식이 오타구 블랙마켓을 찾은 이유 역시 마병을 손에 넣기 위해서였다.

사실 최충식은 이미 한 번 블랙마켓에 들린 적이 있었다.

몇 달 전, 우연히 그곳에 들어갈 수 있는 티켓을 구하게 된 충식은 마병을 구입하려 했다.

하지만 마병이라 불리는 아티팩트는 아무 때나 팔리는 그런 허접한 물건이 아님을 깨닫기만 했다.

마병은 자연적으로 발생하는 아티팩트가 아닌, 이를 제작하는 각성자가 따로 있다는 것이었다.

심지어 주문 제작까지 받는다고 하니, 처음 들었을 때 충식은 어이가 없었다.

하지만 조금 생각해 보니 주문 제작이 자신에게 훨씬 낫다는 생각이 들었다.

시술 헌터인 그로서는 솔직히 검이나 창과 같은 익숙하지 않은 무기가 손에 맞지 않았기 때문이다.

어설프게 아무것이나 사는 것보다는 자신에게 맞는 마병을 만드는 것이 올바른 선택일 것이었다.

그는 곰곰히 고민하다가 이내 자신에게 맞는 마병을 주문했다.

그리고 오늘, 몇 시간 전에 제작자에게서 주문한 물건이 완성되었다는 연락을 받았다.

충식은 연락을 받은 즉시 찾으러 가고 싶었지만, 백강현의 회의 소집 때문에 그러지 못했다.

회의 이후 잠시 잊고 있었는데, 잔뜩 열이 뻗친 채로 질주를 하다 보니 자신도 모르게 이곳까지 오게 된 것이었다.

저벅저벅.

버려진 구 도쿄 공항의 안으로 들어간 최충식은 6번 게이트 쪽으로 향했다.

그곳은 오늘 블랙마켓으로 통하는 입구가 생성되는 장소였다.

블랙마켓의 출입구는 비밀스러운 장소답게 매번 다른 곳에 생성이 되었다.

이는 공간 계열 각성자가 블랙마켓에 있다는 반증이었다.

그 때문에 헌터 협회의 단속에도 불구하고 아직까지 걸리지 않은 채 지금까지 블랙마켓이 존속할 수 있었다.

똑, 또도독, 똑, 똑.

충식은 마치 무전을 치듯 리드미컬한 박자로 게이트 입구에 노크했다.

그러자 얼마 지나지 않아 6번 게이트의 문이 열렸다.

스륵.

저벅저벅.

충식은 아무런 말도 하지 않고 문 안으로 걸어 들어갔
다.

곧바로 블랙마켓과 이어질 거란 예상과는 달리, 문의 안
쪽은 온통 검은 공간뿐이었다.

최충식은 아랑곳하지 않고 계속 앞을 향해 걸었다.

얼마나 걸었을까, 이내 얇은 막이 느껴지더니 어느새 새
로운 공간으로 이동했다.

그가 도착한 곳은 헌터 숍이 모인 백화점 같은 곳이었다.

와글와글.

웅성웅성.

블랙마켓 안에는 제법 사람이 많은지 무척이나 소란스러
웠다.

은밀하고 불법적인 곳임에도 불구하고 의외로 사람들이
많았다.

"5등급 몬스터 바쿠의 어금니로 제작한 워 메이스 팝니
다!"

"자이언트 앤트의 껍질이 60% 함유된 브레스트 팝니
다!"

여기저기에서 호객꾼들이 손님을 끌기 위해 고함을 지르
는 소리가 들려왔다.

하지만 최충식은 그런 것에 현혹되지 않고 오로지 자신의 목적지만을 향해 바쁘게 걸었다.

그렇게 얼마나 걸었을까, 블랙마켓이란 이름에 걸맞는 음침한 골목을 돌아 들어간 어느 허름한 상점.

다른 블랙마켓의 상점들과 그 분위기부터가 다르게 느껴졌다.

그럼에도 최충식은 아무런 거리낌 없이 문을 열고 안으로 들어갔다.

딸랑.

맑은 종소리가 울리며 손님이 왔음을 알렸다.

삐그덕.

종소리가 울리고 조금 지나자 문이 열렸다.

마치 녹슨 철제문이 열리듯 삐그덕 소리를 내더니, 반대편 문에서 하얀 가면을 쓴 사람이 나와 최충식을 맞이했다.

"내가 주문한 것이 완성됐다고?"

충식은 그런 수상한 사람을 향해 대뜸 반말부터 던지며 물었다.

그런 최충식의 반말에 화가 날 법도 하지만, 그 말을 들은 수상한 점원은 고저 없는 목소리로 대답했다.

"주문서."

"음……."

그런 점원의 음산한 목소리에 최충식은 낮게 신음을 흘렸다.

이전에 아티팩트를 사기 위해 이곳을 찾았을 때도 한 번 들은 목소리였다.

그럼에도 이 목소리는 영 적응이 되질 않았다.

저 무저갱 밑에서 들릴 법한.

그리고 무언가 사람의 더러운 욕망을 쥐고 흔드는 듯한.

음습하고 듣기 거북한 목소리였다.

"크흠, 여기."

애써 거부감을 떨쳐 낸 최충식은 아티팩트 제작 주문을 하고 받은 영수증을 조심스럽게 점원에게 건넸다.

턱.

점원은 최충식이 내민 영수증을 무심히 받아 확인하고는 아무런 말없이 돌아섰다.

그러고는 문 안으로 다시 들어가 버렸다.

삐그덕.

다시 한번 거슬리는 소음을 내며 문이 닫히자, 최충식은 그제야 참고 있던 신음을 흘렸다.

"허억."

보는 것만으로도 숨 막히게 하는 기운 때문에 최충식은 자신도 모르게 숨을 억누르고 있던 것이다.

"제길……."

최충식은 6등급을 넘어 이제는 고위 헌터 중에서도 상위급에 속하는 7등급에 들어서 있었다.

하지만 그런 그로서도 방금 전 마주한 점원은 두려움을 느끼게 하는 무언가가 있었다.

마치 재앙급 몬스터에게서 느껴지는 원초적 공포.

그 때문인지 최충식은 한시라도 빨리 이곳을 벗어나고 싶었다.

하지만 공포보다도 주문한 마병을 가지고 싶다는 욕망이 더욱 크기에 최충식은 발걸음을 쉽사리 옮길 수가 없었다.

삐그덕.

이처럼 최충식이 주문한 마병을 챙겨야 한다는 일념으로 점원에 대한 공포를 참고 있을 때, 또다시 철문이 삐그덕거리며 열렸다.

그 안에서 점원이 무언가를 가지고 천천히 걸어 나왔다.

점원의 손에는 나무 재질의 검은 상자가 하나 들려 있었다.

탁.

점원은 가지고 나온 상자를 방 한가운데에 있는 테이블 위에 올리고는 그것을 개봉하였다.

딸깍.

상자를 열자 그 안에는 마치 핏속에 담가 놓은 것마냥 검붉은 색상을 띤, 마치 짐승의 발톱을 연상시키는 30㎝ 길이의 핑거 블레이드 열 개가 보였다.

"오!"

이를 본 최충식은 자신도 모르게 감탄사를 크게 내뱉었다.

짙은 검붉은 색깔의 칼날은 최충식이 눈을 돌리지 못할 정도로 매혹적이었다.

"피를 내서 칼날에 갖다 대라."

마치 명령하듯 점원의 짧은 말에도 어째서인지 최충식은 어떤 대꾸도 없이 그가 시키는 대로 손가락에 상처를 내고 칼날 하나하나에 손가락을 가져다 댔다.

그러자 최충식의 피를 흡수한 상자 안의 칼날이 마치 살아 있는 생명체라도 된 것마냥 최충식의 손가락에 파고들었다.

스륵—

"크윽!"

칼날 하나가 손가락에 스며들자, 최충식은 자신도 모르게 신음을 흘렸다.

마치 차갑고 날카로운 얼음이 손가락을 타고 몸속으로 스며드는 것 같은 느낌에 신음성을 참지 못하고 터트린 것이다.

"참아라."

그런 최충식의 모습에도 점원은 무심한 목소리로 짧게 명령할 뿐이었다.

이에 최충식은 이를 악물고 고통을 참으면서도 계속해서 상처를 내 피가 흐르는 손가락을 남은 칼날에 가져다 댔다.

스스스스—

그렇게 시간이 얼마나 흘렀을까, 어느새 상자 안에 있던 검붉은 칼날들은 사라져 있었다.

30㎝나 되는 크기가 무색하게 모두 최충식의 손가락 안으로 사라져 버린 것이다.

'으윽.'

열 개의 칼날들이 손에서 시린 기운을 내뿜자 최충식은 속으로 신음성을 흘렸다.

하지만 고통도 잠시, 손가락 끝에서 느껴지는 차가운 기운과 함께 다른 묘한 기운이 팔을 타고 그의 심장을 향해 질주하는 것이 느껴졌다.

'으으으!'

아무것도 할 수 없던 최충식은 마치 석상이 된 것마냥 마비가 되어 굳어 버렸다.

그런 최충식의 몸속에는 음습한 기운이 손목에서 팔을 타고 심장까지 침입하고 있었다.

이내 심장에 도착한 기운은 다시 심장의 펌프질에 온몸으로 퍼져 나갔다.

이처럼 음습한 기운이 퍼지자, 최충식은 난생 처음 겪는 이상한 느낌을 받을 수 있었다.

다시 기운이 심장으로 돌아왔다.

그렇게 돌아온 기운은 또다시 온몸으로 퍼져 나갔고, 이것이 계속해서 반복됐다.

한 바퀴, 또 한 바퀴.

그렇게 전신을 돌아 순환할수록 최충식은 몸에 있는 기운이 충만해지는 것을 느꼈다.

'강해진다.'

음습하다 느끼던 기운은 언제 그랬냐는 듯 온몸을 뜨겁게 달구는 숯불과도 같아졌다.

온 혈관을 달구며 손끝과 발끝까지 하나하나의 세포를 모두 깨우고 있었다.

충식은 주변의 모든 것이 예민하게 느껴졌다.

지금이라면 재앙급 몬스터를 혼자서 상대할 수 있을 것만 같았다.

"휴우……."

끝나지 않는 잔치가 없듯, 최충식의 몸을 누비던 기운도 어느새 양손으로 갈라져 자리를 잡았다.

"그것을 사용하려면 손끝에 정신을 집중하면 된다."

점원은 다시 움직이게 된 최충식을 보며 나지막하게 이야기하고는 다시 철문 너머로 사라졌다.

삐걱.

쿵!

그렇게 상점 안에 홀로 남겨진 최충식은 점원이 사라진 철문을 잠시 지켜보다 가게를 나왔다.

"하하! 기다려라!"

누구를 향한 것인지 알 수는 없지만, 최충식은 그렇게 누군가를 향해 작게 중얼거리고는 블랙마켓을 빠져나갔다.

*　　　*　　　*

덜컹!

하얀 가면을 쓴 점원은 최충식에게 물건을 전달하고 돌아왔다.

"잘 전달했나?"

의문의 점원에게 질문을 한 이는 바로 얼마 도쿄 만에 나타난 재앙급 몬스터, 고지라를 퇴치한 유키 히데오였다.

아니, 정확히는 칸트라 차원의 마계에서 넘어온 마족 칼리크였다.

"그래. 네 뜻대로 칸칼의 발톱을 전해 주었다."

칼리크와 함께 마계에서 넘어온 마족 대장장이인 카크로크는 여전히 아무런 감정도 없는 목소리로 대답하였다.

방금 전, 카크로크가 말한 칸칼은 이들이 온 칸트라 차원의 마계에 서식하는 마수의 하나로서 놈의 발톱에는 치명적인 독이 들어 있었다.

이 치명적인 독의 효과는 바로 마력을 굳히는 것이었다.

마치 뱀의 독이 피를 굳게 만들어 혈액이 산소를 공급하지 못하는 것처럼 칸칼의 발톱에 있는 독 역시 생명체의 마력을 굳게 만들어 힘을 쓰지 못하게 했다.

그렇게 마력이 없는 것과 같은 상태로 만들어 대상을 잡아먹는 끔찍한 독.

그 때문에 마력을 사용하는 마족들에게는 상당히 치명적이었다.

하지만 치명적인 것은 마족뿐이 아니었다.

마력을 가진 존재가 마력을 순환하지 못하고 그 자리에 굳어 버리게 되면, 사실상 죽는 거나 다름없었다.

이런 위험한 물건을 칼리크는 자신들을 위협하는 존재가 거느리는 조직의 일원에게 넘겨주라 한 것이다.

이 때문에 카크로크는 칸칼의 발톱을 주기 전, 많은 고민을 하였다.

적에게 자신을 해할 또 다른 무기를 주는 것은 아닌가 하는 생각에서였다.

하지만 칸칼의 발톱을 전해 주기 위해 만난 인간은 너무나 뜻밖의 존재였다.

인간이라 칭하기에는 너무나도 저속한 기운을 풍기고 있었다.

차라리 오로지 자신의 욕망만을 위해 살아가는 오크가 더 나을 정도로 깊고 진한 기운이었다.

눈앞에 있는 칼리크가 동족이라 생각할 정도로 질투로 삐딱해진 불쌍한 생물이었다.

어쩌면 그렇기에 무미건조하게 버리듯 준비된 물건을 넘겨줄 수 있는 걸지도 몰랐다.

카크로크는 비록 대마왕의 명령으로 차원을 넘어 지구로 왔지만, 의외로 이곳이 그에게는 더욱 편하다고 느꼈다.

자신이 하고자 하는 일에 방해받을 것도 별로 없고, 또 자신을 억누를 고위 마족도 없는, 참으로 천국 같은 세상이었다.

카크로크는 마족인 자신이 스스로 천국 같다고 생각한 부분에서 자조했다.

'흐음.'

다만, 불만이 있다면, 작업장을 수시로 찾아오는 칼리크가 자신의 행복한 마생에 끼어든 작은 암초처럼 느껴진다는 것이었다.

"그런데 너무도 위험한 존재에게 그것을 준 것 아닌가?"

카크로크는 작은 불안감에 칼리크에게 질문했다.

하지만 정작 질문을 받은 칼리크는 알 수 없는 미소를 지어 보일 뿐이었다.

그런 칼리크의 반응에 카크로크는 잠시 그대로 그의 얼굴을 쳐다보다 이내 몸을 돌려 자신의 작업장으로 향했다.

칼리크의 본심을 읽어 보려 한 것이지만, 결국 카크로크의 눈에 보이는 것은 인간 남성뿐이었다.

그가 뒤집어쓴 인간은 유키 히데오의 모습이기에 아무런 소용이 없었다.

때문에 카크로크로서는 그저 그가 자신을 귀찮게만 하지 않기를 바랄 뿐이었다.

한편, 카크로크의 뒷모습을 지켜보던 칼리크의 눈빛은 한없이 차가워져 갔다.

'언제까지 네가 그렇게 고고하게 있는지 지켜보겠다.'

칼리크는 대마왕의 명령을 받고 차원을 넘어 지구로 온 마족의 우두머리가 아니었다.

서열로 따지면 겨우 네 번째에 불과했다.

하지만 지구로 넘어와 정착을 하는 과정에서 그보다 높은 서열의 마족 두 명이 죽었다.

그러다 보니 그보다 높은 서열의 마족은 한 명뿐이었는데, 그자가 바로 방금 전 작업장으로 돌아간 카크로크였다.

둘만 죽을 바에는 차라리 세 명이 다 죽고 혼자 남는 게 편하다 생각하던 칼리크는 최근 이상한 점을 발견했다.

상위 서열의 두 마족이 죽은 뒤로, 아니, 지구로 넘어온 뒤로 카크로크의 행동에서 위화감이 느껴진 것이다.

마계에 있을 때는 몰랐지만, 지금 그의 모습은 마족이라기에는 너무나도 자유로운 것이다.

칼리크 역시 자신의 의지대로 자유롭게 행동하고는 있지만, 그런 의미의 자유가 아니었다.

카크로크는 지배자인 대마왕의 명령을 받고 지구에 왔음에도 임무를 완수하기 위해 노력을 하지 않았다.

심지어 마족들끼리 이야기할 때에도 말을 아끼는 모습을 보여 주곤 했다.

방금 상황 역시 자신이 먼저 말을 억지로 꺼내게끔 유도한 것이다.

비록 카크로크가 자신보다 상위 서열의 마족이기는 하지만, 그는 이번 임무에서 자신들을 지원하는 임무를 맡고 있었다.

때문에 상위 서열의 두 명이 사라진 지금, 남은 마족들의 통제와 대마왕의 명령을 수행하는 모든 책임은 자신에게 있는 것이나 다름없었다.

그럼에도 불구하고 마족 사이에서는 서열이 무척이나 중요시되기에 어쩔 수 없이 그에게 부탁하는 처지였다.

하지만 만약 그가 확실하게 대마왕의 명령을 어기는 일이 발생한다면, 다른 마족들과 함께 죽여 버리겠다며 다짐하는 칼리크였다.

*　　　*　　　*

블랙마켓을 나온 최충식은 바로 숙소로 돌아가지 않고 몬스터 필드로 향했다.

온몸에 넘치는 힘을 바로 확인하고 싶은 욕망 때문이었다.

숙소를 빠져나올 때만 해도 화를 참지 못하던 것과는 반대로 이번에는 흥분을 주체하지 못하고 있었다.

"홋홋홋."

차를 몬스터 필드로 몰면서 자신도 모르게 콧노래를 부르는 최충식이었다.

부우웅.

얼마나 달렸을까, 최충식이 몰던 차는 세타가야 구에 있는 바지 공원에 도착했다.

이곳 바지 공원은 원래 경마장으로 쓰이던 곳이었다.

하지만 대격변 이후, 차원 게이트에서 쏟아진 몬스터로 인해 황폐화되어 버려진 케이스였다.

심지어 인근 카미요우가 공원에 있는 던전과 츠루마키 공원의 던전, 그리고 카마자와 대학교 자리에 자리한 던전들에서 나오는 몬스터로 인해 몬스터 상습 출몰 지역이 되기까지 했다.

충식은 이런 세 곳의 던전에서 쏟아지는 몬스터들이 모여 있는 이곳, 바지 공원에서 새롭게 장만한 아티팩트의 성능을 시험할 심산인 것이다.

탓.

안전 지역에 자신의 차를 주차한 최충식은 안전 펜스를 뛰어넘어 바지 공원 안으로 들어갔다.

원래는 40㏊가 조금 넘는 넓이에 불과하지만, 공간 간섭으로 인해 상당히 넓어진 상태였다.

때문에 바지 공원의 넓이를 정확하게 파악할 수는 없지만, 대략 본래의 넓이보다 열 배 정도는 더 넓을 것이었다.

이처럼 정확하게 측정하지 않은 것은 모두 몬스터 때문이었다.

누구라도 이곳에서 정확한 넓이를 측정하기 위해 오랜 시간 들어가 있는 것은 자살행위라고 말할 것이 분명하니 말이다.

어쨌든 이런 공간에서 새로운 능력을 시험하기 위해 몬스터를 찾아온 최충식은 이리저리 공원을 돌아다니기 시작했다.

그렇게 30여 분을 돌아다닌 끝에 기어이 몬스터를 찾아낸 최충식은 그 몬스터가 겨우 4등급에 불과한 트롤인 것에 실망했다.

그도 그럴 것이, 아무리 재생 능력이 뛰어난 트롤이라고는 하지만, 굳이 아티팩트가 없을 때에도 혼자서 사냥할 수 있을 정도로 쉬운 상대였기 때문이다.

'겨우 트롤이라니… 아니다.'

한참 동안 실망하던 최충식은 다시 생각해 보니 막상 트롤도 나쁘지 않은 것 같았다.

'변신하지 않고 그냥 아티팩트만 꺼내서 시험해 봐야겠군.'

충식은 유전자의 힘을 꺼내 변신하지 않고, 오로지 아티팩트만으로 트롤을 상대하기로 한 것이다.

유전자의 힘을 꺼내지 않더라도 7등급 헌터인 최충식은 육체 능력은 웬만한 4등급 시술 헌터가 100% 능력을 발휘한 것보다 우위에 있었다.

그러니 4등급 몬스터인 트롤과의 힘 싸움에서 그리 밀리지 않았다.

챙!

충식이 정신을 집중하자, 마치 원래 있던 것마냥 그의 손끝에는 짐승의 발톱을 연상시키는 30㎝ 길이의 칼날이 돋아나 있었다.

찌그그극!

충식은 무의식적으로 자신의 손가락 끝에 돋아난 칼날끼리 미끄러지듯 부딪쳐 보았다.

그러자 곧 부러질 것 같은 얇은 겉보기와는 달리, 튼튼한 쇠가 부딪치며 나는 금속음이 들려왔다.

"좋군."

핑거 블레이드끼리 부딪치는 마찰음이 너무도 마음에 든 최충식은 자신도 모르게 작게 중얼거렸다.

이내 최충식은 고개를 돌려 저 멀리 보이는 트롤을 바라보았다.

굳이 뛸 필요성을 느끼지 못한 최충식은 너무도 여유롭게 걷기 시작했다.

한편, 트롤 역시 자신을 향해 걸어오는 최충식을 발견하였다.

그런데 자신보다 작은 덩치의 인간이 겁도 없이 천천히 다가오는 모습에 트롤은 순간 당황했다.

자신의 먹이인 오크와 그리 달라 보이지 않는, 아니, 어쩌면 그보다 더 빈약해 보이는 인간이 천천히 걸어오는 것이 기가 막혔다.

하지만 그것도 잠시, 겁 없는 먹잇감에 자존심이 상한 것인지 트롤은 최충식을 향해 로어를 터트리며 달려왔다.

크워억!

두두두두.

2.7m의 다 자란 트롤이 달려오자, 마치 여러 마리의 말이 달리는 것처럼 요란한 진동이 온 사방에 울렸다.

꾸웍!

팟.

트롤은 어느 정도 최충식과 가까워졌다고 느끼자마자 커다란 덩치에 어울리지 않게 가벼운 점프를 선보였다.

하지만 점프를 하며 달려드는 트롤의 공격에 최충식은 살짝 몸을 트는 것만으로 회피하였다.

그 뒤, 회피하는 것에 그치지 않고, 트롤의 몸이 자신을 비켜가는 것과 동시에 빠르게 접근한 최충식은 핑거 블레이드를 휘둘러 놈의 오른쪽 옆구리를 베었다.

본래 트롤을 상대할 때, 칼날과 같은 날카로운 무기보다는 도끼나 메이스, 내지는 모닝 스타와 같은 둔기류가 더 효율적이었다.

아무래도 재생력이 뛰어난 트롤의 경우에는, 얕은 상처를 내는 날붙이 무기에 의한 상처는 금방 아물어 버리기 때문이었다.

때문에 트롤뿐만 아니라 재생력이 뛰어난 몬스터를 상대를 할 때 모두, 날붙이 무기는 그리 좋은 선택이 아니었다.

그에 반해 메이스와 같은 둔기류 무기의 경우, 상당히 넓은 부위에 걸쳐 상처를 낼 뿐만 아니라, 내부에서부터 타격을 주는 공격이기에 아주 효과적이었다.

그러한 공격이 반복되다 보면, 아무리 재생력이 좋다고 해도 상처가 재생되기까지 시간이 제법 오래 걸리게 된다.

또한 그렇게 넓은 부위의 상처를 치료하기 위해선 많은 에너지를 소비하는 것은 당연했다.

때문에 헌터들이 재생 능력이 뛰어난 몬스터를 상대할 때는 반드시 둔기류 무기를 지참했고, 만약 소지하지 못한 경우에는 단번에 목을 자르는 걸 목표로 했다.

재생 능력을 상쇄하는 것이 정공법이지만, 목을 자르는 것 역시 충분히 효과가 있었다.

아무리 재생 능력이 뛰어나다 하더라도 목이 잘린 뒤에는 아무런 소용이 없기 때문이다.

그런데 최충식은 그런 기본 상식을 무시하고 목이 아닌 옆구리를 공격한 것이었다.

크워!

하지만 어찌된 일인지, 트롤은 무척이나 괴로워하는 모습이었다.

보통 그 정도 상처는 금방 아물기 때문에 고통에 비명을 지르더라도 지금처럼 괴로워하지는 않았다.

오히려 고통을 준 상대에게 더욱 화를 내며 난폭하게 달려드는 게 흔한 장면이었다.

한데 지금 트롤이 보여 주는 모습은 그와는 정반대의 모습이었다.

정작 화는 내면서도 쉽게 달려들지는 않는 것이다.

그러고는 뭔가 잘못되었다는 듯 최충식을 경계하고 있었다.

'어떻게 된 것이지?'

충식은 당연히 상처를 입혔으니 분명 트롤이 흥분하여 달려들 것이라 예상하고 있었다.

하지만 흥분해서 달려들기는커녕 트롤이 경계하듯 눈치만 보고 있자, 최충식은 피식 웃으며 도발했다.

"왜 덤비지 않는 거야! 덤벼!"

그러고는 트롤이 달려들면 언제라도 상대할 수 있게끔 자세를 잡고 있었다.

하지만 트롤은 여전히 신중한 모습으로 최충식을 노려볼 뿐이었다.

"네가 오지 않으면… 뭐, 내가 가야지."

충식은 아무리 도발해도 움직이지 않는 트롤의 모습에 작게 중얼거리고는 몸을 날렸다.

언제까지고 4등급짜리 몬스터를 상대하고 있을 수 없다는 판단에서였다.

휙.

순식간에 접근한 최충식은 자신을 향해 날아오는 트롤의 오른팔을 왼쪽으로 흘리며 핑거 블레이드를 놈의 가슴 중앙에 꽂아 넣었다.

그러고는 핑거 블레이드가 꽂힌 채로 주먹을 쥐었다.

그러자 핑거 블레이드의 날카로운 칼날이 단단한 트롤의 가슴뼈를 가볍게 잘라 버렸다.

두부만큼은 아니지만, 마치 비누를 칼로 자르듯 천천히 트롤의 가슴을 가르던 핑거 블레이드는 급기야 가슴뼈 뒤에 있던 심장까지 베어 냈다.

끄륵.

그러자 심장을 통해 전신에 퍼져 나가던 마력이 동결되었고, 그와 동시에 마치 마비된 것처럼 동작을 멈추며 트롤은 숨을 거두었다.

4등급의 몬스터인 트롤이 너무도 허무하게 생을 마감했다.

비록 등급이 낮기는 하지만, 몬스터 중에서 헌터를 가장 많이 죽이는 것으로 유명한 트롤이었다.

트롤은 가죽을 비롯한 뼈와 피, 어느 것 하나 버릴 게 없다 보니, 중급 헌터들이 잡을 수 있는 몬스터 중 가장 돈이 되는 놈이었다.

그 때문에 중급 헌터들이 가장 선호할 수밖에 없었다.

그렇게 많은 헌터들이 트롤 사냥에 도전했고, 그만큼 많은 헌터들이 죽었다.

그만큼 트롤의 재생력은 수준이 높았고, 지능 역시 무시할 게 못 되었기 때문이다.

비록 최충식이 7등급 헌터라지만, 그런 트롤을 능력이 제한된 상태에서 아티팩트만을 사용해 사냥한 것이다.

"이 마병에 뭔가 특별한 능력이 숨어 있는 것 같군."

자신의 손에 쓰러진 트롤의 사체를 내려다보던 최충식이 중얼거렸다.

방금 전의 전투를 복기하던 최충식으로서는 그렇게 생각할 수밖에 없었다.

핑거 블레이드를 이용해 트롤을 공격한 것은 단 두 차례뿐이었다.

그런데 공격을 받은 트롤은 두 차례 다 공격을 받은 뒤 움직이지 못했다.

처음 공격에 성공할 때는 그 낌새를 느끼지 못했지만, 두 번째 트롤의 가슴에 칼날을 꽂을 때는 확실히 느낄 수 있었다.

핑거 블레이드가 가슴뼈를 가르고 들어가면서 그의 손에서부터 시작된 차가운 기운이 움직이는 게 느껴진 것이었다.

그리고 그 기운이 트롤의 몸으로 퍼지는 것 역시 감각적으로 느낄 수 있었다.

비록 짧은 순간에 불과했지만, 트롤이 움직이지 못하는 것을 확신한 그는 마지막 공격을 가한 것이다.

'이 힘이라면 충분히 가능하다.'

최충식은 고개를 들어 차가운 시선으로 허공을 바라보며 눈을 치켜떴다.

7. 마족의 음모

일본 도쿄에 위치한 일본 총리대신 관저.

그곳은 일본 총리대신, 혹은 수상이라고 하는 일본 내각의 수장이 머무는 곳이다.

대격변 당시 몬스터에 의해 폐허가 되었지만, 얼마 지나지 않아 새롭게 지어졌다.

몬스터는 물론이고, 외부의 침입에도 철저히 대비해 사실상 요새화된 상태였다.

때문에 현재 그곳은 일본 내에서도 가장 안전한 건물 중 하나로 손꼽히고 있었다.

그런 총리 관저에 각부의 대신들은 물론이고, 일본 헌

터 협회장인 미야모토 신타로도 불려와 회의에 참석하였다.

쾅!

"이게 어떻게 된 일인가? 도대체 일 처리를 어떻게 했기에! 어찌 그들이 이토록 신속하게 모든 사업을 접고 철수할 수 있던 거지?!"

고이즈미 도조 총리는 잔뜩 화가 나 손바닥으로 거칠게 테이블을 내리치며 소리쳤다.

이처럼 주변을 신경 쓰지 않고 호통을 치는 고이즈미 총리로 인해 회의장은 순식간에 살얼음판이 되었다.

"총리대신 각하, 저희도 그들이 이렇게 빠르게 정리하고, 철수할 거라고는 예상치 못했습니다."

미야모토 신타로 회장의 변명에도 고이즈미 총리의 화는 사그라들 줄을 몰랐다.

"그게 말이나 되는 소리요?"

"죄송합니다."

너무나 화를 내는 탓에 미야모토 신타로 회장은 곧장 머리를 숙였다.

일본에 S등급 헌터가 나왔다는 소식에 기분이 한껏 상승한 고이즈미 총리는 원칙적으로 그에게 일본의 모든 던전과 몬스터에 관한 일을 맡기려 하고 계획을 세운 상태였다.

또한 성신 길드에 주던 혜택들을 하나둘 점진적으로 빼앗고, 또 일본에서 번 돈을 토해 내게끔 만들 심산이었다.

하지만 어떻게 알았는지 성신 길드는 자신이 이와 같은 정책을 펼치기도 전에 모든 자산을 정리하고 한국으로 철수한 것이다.

애초 무너진 헌터 전력의 공백을 메우기 위해 데려온 그들이었다.

일본 정부는 정말이지 갖은 혜택을 들이부으며 그들이 일본에 눌러앉도록 만들었다.

심지어 일본 출신의 헌터들이 성신 길드에 가입하도록 만들어 그들의 훈련비용의 명목으로 따로 특별 예산을 편성해 주기까지 했다.

일반적인 길드에서는 상상도 못할 혜택을 일본 정부는 자국 내 길드도 아닌, 외국의 한 길드에게 세금을 상납하듯이 퍼 준 것이다.

이러한 정부의 모습은 자국민들에게 원성을 받아 마땅하지만, 그럼에도 일본인들은 큰 문제를 제기하지 않았다.

아니, 오히려 S등급의 헌터가 포함된 대형 외국 길드를 국내로 섭외한 정부의 능력에 환호를 보냈다.

이렇듯 모두가 만족스러운 표정으로 고개를 끄덕이고 있

을 때, 고이즈미 총리는 그러한 상황이 마음에 들지 않았다.

성신 길드가 다른 나라도 아니고, 한국의 길드라는 것이 못내 마음에 들지 않던 것이다.

그 때문에 그는 성신 길드장에게 귀화를 종용하기도 했지만, 길드장은 그런 제안을 단호히 거절했다.

만약 일본에 귀화를 한다면 지금보다 더 많은 혜택을 주겠다고 해도, 어찌된 일인지 귀화 이야기가 나오면 협상을 파토 내겠다며 강경하게 나오는 바람에 어쩔 수 없었다.

그러던 중 일본에 S등급이 될 자질을 가진 헌터가 나타난 것이다.

그것도 한두 명이 아니라 다섯 명씩이나.

고이즈미 총리는 이 소식을 듣자마자 곧바로 음모를 짜기 시작했다.

그는 다섯 명 중 한 명이라도 S등급 헌터가 되면 바로 작전을 시행할 생각이었다.

우선 성신 길드에 속해 있는 일본 출신 헌터들을 빼내 와 새롭게 탄생한 S등급 헌터를 중심으로 길드를 만들어 성신 길드와 경쟁을 시키는 것이었다.

그리고 나서 성신 길드에 준 혜택 중 하나인, 전국에 있는 던전의 무한정 사용 허가권을 회수해 신생 길드에 넘긴다.

그렇게 차츰 혜택을 하나씩 회수해 일본 정부의 권위를 되찾는 한편, 성신 길드의 전력을 제외하고도 헌터 전력의 공백 사태를 막을 수 있을 거라 판단한 것이다.

다른 S등급 헌터의 출현하는 시간 또한 벌 수 있을 것이라 생각했다.

이외에도 많은 계획을 세워 놓았다.

하나 일본 정부가 새로운 S등급 헌터가 나왔다는 발표와 그 헌터가 재앙급 몬스터를 사냥할 수 있다는 정보가 공표되자, 성신 길드는 곧바로 전면 철수한 것이다.

이처럼 그들이 신속하게 움직일 것이라고는 고이즈미 총리의 계산에도 전혀 들어있지 않았다.

혜택을 빼앗기는커녕, 아직 신생 길드 창설조차도 이루어지지 않은 시점이었다.

그런 상황에 어느 누가 성신 길드가 막대한 이익의 사업을 중단하고 전격적인 사업 철수를 할 거라 예상한단 말인가.

고이즈미 총리는 물론, 그와 같이 머리를 짜내며 계획을 세운 정부와 헌터 협회 관계자들 역시 이와 같은 상황을 예상치 못했다.

성신 길드의 전면적인 사업 철수도 철수지만, 그들이 떠나면서 길드의 예산은 물론, 소속된 헌터의 일본 내 자산 역시 모두 정리하고 한국으로 떠났다는 점이 고이즈미 총리를 이토록 화내게끔 만들었다.

그 소속된 헌터라는 이들이 한국 출신뿐만 아니라, 특별 예산 지원 명목상 보낸 일본 출신의 헌터들까지 포함되어 있었기 때문이다.

성신 길드에 가입한 일본 출신의 헌터들은 기존의 성신 길드 헌터들과 섞여 몬스터를 사냥하면서 빠르게 실력을 키우며 레벨을 올렸다.

더욱이 일본 정부가 성신 길드에 약속한 혜택을 그들 역시 똑같이 제공받았기에 길드에 대한 충성도 역시 상당했다.

그러다 보니 성신 길드가 일본에서 철수하게 되었음에도 그들은 일본에 남기보단, 길드 간부들의 결정에 따라 한국으로 함께 넘어가 버린 것이다.

사실 이것만으로 성신 길드에 소속된 일본 출신 헌터들이 그런 선택을 한 것은 아니었다.

비록 자국에 S등급 헌터가 나왔다고는 하지만, 당장 그들이 소속된 성신 길드의 백강현 길드장은 재앙급 몬스터를 한 마리도 아닌, 두 마리나 사냥해 버린 전설적인 존재였다.

심지어 그중 하나는 일본의 고위 헌터들을 전멸시킨 최악의 몬스터, 야마타노 오로치였다.

때문에 일본에 S등급 헌터가 탄생한 것은 자국민으로서 자랑스럽기는 하나, 자신의 생존과 가족의 행복을 위한 선택에 있어서는 별개의 일인 것이다.

물론 지금까지 받던 혜택과는 멀어질지라도 상관없었다.

그들 역시 일본 정부가 성신 길드를 어떻게 바라보고 있는지 대충 눈치를 챈 상태였기 때문이다.

그 탓에 S등급 헌터가 탄생한 뒤, 정부가 새롭게 주도할 정책이 정확히 어떤 것인지는 몰라도 결코 자신들에게 유리하지 않을지 정도는 알 수 있었다.

게다가 이미 일본의 헌터 전력을 한 번 말아먹은 일본 정부를 성신 길드에 소속된 일본 출신 헌터들은 믿을 수가 없었다.

이처럼 정부에 대한 많은 불신과 길드장에 대한 믿음이 확고하다 보니, 그들의 선택이 성신 길드와 함께하는 것은 어찌 보면 당연했다.

만약 일본 출신 헌터들이 백강현과 함께 한국으로 넘어가지 않았다면, 고이즈미 총리가 이처럼 화를 내지는 않았을 것이다.

결과적으로 현재 일본은 비록 S등급 헌터가 있지만, 그를 받쳐 줄 고위 헌터가 부족했다.

만에 하나 이런 시기에 재앙급 몬스터라도 출현한다면,

큰 위기에 빠지는 것은 당연했다.

또한 큰 위기에 빠질 거라는 말을 일본 국민이 듣는다면 분명 무슨 소리인지 이해할 수 없을 것이 분명했다.

아니, 이해하려고 조차 안 할 것이었다.

얼마 전까지만 해도 도쿄만에 출현한 재앙급 몬스터를 처치하지 않았는가.

하지만 그 재앙급 몬스터와 이를 처치한 일화는 일본 정부의 쇼였다.

일본 국민을 안심시키기고, 전 세계에 일본을 알리기 위한 정부의 욕심이 그득한 가짜던 것이다.

결과적으로 쇼는 아주 성공적이었다.

관계자를 제외한 그 누구도 그 쇼가 거짓이라고는 생각지 않았으니 말이다.

때문에 정부의 입지 역시 미약하게 올라갔으나, 그 외에는 별다른 이득이 없었다.

고작 일본에 S등급 헌터가 탄생했다는 사실을 알린 것과 일본에는 재앙급 몬스터를 잡을 전력이 있다는 걸 알린 정도.

그 이상도, 그 이하도 아니었다.

만약 쇼가 아니라 진짜로 재앙급 몬스터를 사냥했더라면, 재앙급 몬스터의 시체에서 얻는 부산물로 막대한 이득을 얻었을 터였다.

하지만 도쿄만의 재앙급 몬스터인 고지라는 만들어진 가짜였다.

때문에 부산물이라고 해 봐야 고작 가죽과 뼈 정도가 전부였다.

마정석의 경우, 이미 고지라를 만드는 데 사용했을뿐더러, 한차례 전투를 벌이며 에너지를 죄다 소비한 상태였다.

레이드가 끝난 뒤, 마정석에 남은 에너지는 고작 4등급 몬스터에게서 나온 마정석과 비슷했다.

다른 이들이 쇼라는 사실을 알아챌 가능성이 다분한 마정석은 결국 정부가 다시 회수하며 외부에는 필요로 인해 취득했다고만 발표했다.

그럼 고지라의 부산물인 가죽과 뼈로는 이득을 봤느냐.

그것도 아니었다.

가죽의 경우 역시 레이드 도중 많이 손상되었기에 사용할 수 있는 것은 고지라의 뼈뿐이었다.

그러다 보니 재앙급 몬스터를 사냥하고도 일본 정부에 남은 건 아무것도 없는 것이나 마찬가지였다.

차라리 고지라를 만들 예산과 자원으로 대몬스터용 병기를 만들었다면, 적어도 현재 일본이 처한 상황에서 대비라도 할 수 있었을 것이다.

하지만 앞날을 예측하지 못한 채 욕심 그득한 장밋빛 미래만을 꿈꾸며 행동했기에 그 대가로 현재 정부는 아무런 방도도 없이 그저 손가락만 빨 수밖에 없었다.

하지만 우습게도 이 자리에 있는 위정자들 중 어느 누구도 자신들의 욕심 때문에 일을 그르쳤다고 생각하지 않았다.

고이즈미 도조 총리는 물론, 각부의 대신이나 헌터 협회 회장인 미야모토 신타로까지 그저 모두 각자 자신들의 신변을 지키기 위해 이 사태를 책임질 희생양을 찾을 뿐이었다.

*   *   *

일본 정부와 헌터 협회장이 모여 헌터 공백 상태의 해결을 위해 회의하고 있을 때, 도쿄의 모처에서도 이와 비슷한 일이 벌어지고 있었다.

모처에서 회의하는 그들의 정체는 바로 칸트라 차원에서 대마왕의 밀명을 받고 지구로 넘어온 마족들이었다.

일본에서 S등급 헌터로 알려진 유키 히데오, 아니, 마족 칼리크의 주체로 모인 회의였다.

"번 님의 아바타를 구하기 위해 작업한 작전은 결국 칸칼의 발톱만 날려 버리고 아무런 수확조차도 없군!"

카크로크는 무심한 눈으로 칼리크를 보며 이야기하였다.

그런 그의 말에 칼리크는 그저 차가운 눈빛으로 노려보다가 다른 마족에게로 시선을 돌려 변명하였다.

　"…아직 작전이 완전히 실패한 것은 아니다."

　"실패하지 않다니? 번 님의 아바타로 사용할 신체가 이 나라를 떠났다."

　"그건 알고 있다. 하지만……."

　칼리크는 자신의 경쟁자인 카크로크의 말에 얼른 변명하였다.

　"아직 말이 끝나지 않았다."

　카크로크는 자신의 말을 끊고 변명을 하려는 칼리크의 말을 중단시켰다.

　그러고는 칼리크를 노려보며 자신의 말을 이어 갔다.

　"아바타로 사용할 신체가 향한 나라는 이곳 일본의 바로 옆에 자리하고 있지만, 그 사이에 바다가 있어 우리의 힘이 미치지 못한다. 이미 끝난 거나 다름없어 보이는데, 실패하지 않았다는 것은 무슨 뜻으로 한 말이지?"

　그의 말이 끝나기 무섭게 다른 마족 하나가 칼리크를 보며 물었다.

　"카크로크의 말이 사실인가?"

　자신보다 서열이 높은 카크로크만 상대하기에도 까다로운 상태였다.

　그런데 비록 서열이 자신보다는 낮지만, 그리 큰 차이

가 나지 않는 벰브로스의 따지는 듯한 질문에 칼리크는 순간 어금니를 악물었다.

잠시 감정을 가다듬은 그는 내색하지 않고 천천히 입을 열었다.

"맞다. 하지만 우선 내 말을 더 들어 보기 바란다."

칼리크는 지금 자신의 실수로 무척이나 중요한 무구를 잃었다.

그것도 대마왕 번이 강림할 신체를 확보하는 데 중요한 역할을 하는 무구인 칸칼의 발톱이었다.

칸칼의 발톱은 그냥 아무렇게나 만들 수 있는 마병이 아니었다.

만약 칸트라 차원의 마계라면 이야기는 다르겠지만, 이곳은 칸트라 차원이 아닌 지구였다.

당연하게도 지구에는 칸트라 차원의 마계에서 서식하는 마수 칸칼이 존재하지 않았다.

그것만이 이유는 아니었다.

그것만 따지면 지구로 넘어오고 있는 몬스터나 마족이 있기에 칸칼이 넘어오는 것도 가능한 일이었다.

하지만 마계에서도 강력한 생명체인 칸칼은 마왕급에 근접한 마력을 가지고 있어 쉽사리 넘어올 수 없었고, 대마왕 번에게 종속된 마수도 아니기에 명령할 수조차 없었다.

이는 지구의 신과 절대자들의 계약이 원인이었다.

마왕급 최상위 마족의 경우에는 칸칼처럼 차원을 넘을 수 없었다.

그 때문에 대마왕 반이 지구로 넘어오지 못하고 있는 것이었다.

그나마 그 아래 서열인 상급 마족 정도는 차원을 넘을 수 있는데, 지금 이 자리에 있는 카크로크나 칼리크 등이 그러했다.

그들은 차원을 넘어 지구로 올 수 있는 마족 중에서도 가장 끝자락에 있는 상급 마족이었다.

상급 마족의 수가 적은 편은 아니었으나, 이마저도 제한이 있어 더 많은 수의 상급 마족들이 마계에서 지구로 넘어올 수는 없었다.

이러한 제약은 마족뿐이 아니었다.

천계의 천사들도 마찬가지로 최상급에 속하는 천사장들은 지구로 넘어올 수 없었다.

때문에 상급 천사 중 전투력이 가장 뛰어난 전투천사 도리아가 신의 유물인 영광의 오브를 가지고 넘어오게 된 것이다.

다만, 다수의 마족들이 넘어온 것과는 달리 천족의 수장 우렐리우스는 다수의 존재가 넘어갈 에너지를 신의 유물과 함께 최강의 전투천사를 지구에 보낸 것이다.

확실히 다수의 상급 천사보다 영광의 오브가 지구로 넘어가는 편이 그에게는 훨씬 이득이었다.

자신의 아바타가 현신할 수 있도록 에너지를 모으는 영광의 오브가 지구로 넘어갔을 뿐만 아니라, 상급 천사 하나만이 넘어가기에 영광의 오브에 쌓인 신성력이 헛되이 쓰이지 않을 테니 말이다.

천계에서는 신성력을 자유로이 모을 수 있지만, 지구는 그렇지 않았다.

지구는 천족인 천사가 마음대로 활동할 수 있는 차원이 절대 아니었다.

천사가 활동하기 위해 필요한 신성력을 지구에서는 구할 수가 없었다.

지구에는 아예 신성력이란 존재가 없기 때문이었다.

이는 계약을 한 지구의 신이 그들에게 알려 준 이야기였다.

이처럼 천사들의 수장인 우렐리우스와 마계의 지배자인 대마왕 번이 서로 다른 방법을 사용해 자신의 아바타를 지구에 강림하도록 하는 것에는 분명한 이유가 있었다.

바로 지구에 존재하는 지성을 가진 생명체는 인간이 전부란 사실 때문이었다.

그들에게 있어 인간이란 참으로 특이한 생명체였다.

칸트라의 지성체는 특별한 성향 하나를 가진 채로 삶을

살아간다.

엘프는 금욕하며 숲을 돌보고 욕심과는 동떨어진 무미건조한 삶을 살아가는 반면, 드워프의 경우 신에게 받칠 아름다운 예술품을 만들기 위해 평생을 살아간다.

또한 오크 종족은 번식과 전투만을 삶의 목적으로 살아간다.

이처럼 칸트라 차원의 이성을 가진 종족들은 무언가 종족만의 확고한 목적을 가지고 평생을 살아간다.

하지만 유일하게 개체마다 다양한 목적을 가지고 복잡하게 살아가는 생명체가 있었다.

그 생명체는 제 욕망을 주체하지 못해 금단에 손을 대기까지 했다.

때문에 천족과 마족, 그리고 중간계의 조율자인 드래곤들에게 공격받아 멸망하기까지 이르렀다.

그런데 이곳, 지구에는 칸트라 차원의 모든 존재의 분노를 산 그 생명체가 지배종으로 살고 있는 게 아닌가.

대마왕 번은 여기서 많은 생각을 했다.

인간은 종족 자체적으로 불안한 존재였다.

때문에 그런 인간의 욕망을 이용하면, 굳이 신의 유물이 없더라도 차원을 넘은 마족들이 충분히 생존이 가능하다고 믿었다.

그리고 생존의 가능성을 높이기 위해 그는 최대한 많은

상급 마족을 보냈다.

그 덕분에 다섯의 상급 마족이 지구에 정착하는 데 성공하였다.

그들을 보낸 대마왕 반은 모르겠지만, 만약 상급 마족들이 차원을 넘어 도착한 곳이 일본의 던전이 아닌 다른 곳이었다면, 생존하는 데 실패했을지도 몰랐다.

조금이라도 좌표가 틀어져 옆에 있는 한국에 떨어졌다면, 상급 마족들은 전멸했을 것이다.

그도 그럴 것이, 한국은 이미 고위 헌터들이 즐비한 상태였고, 지구의 환경에 완벽히 적응하지 못한 상급 마족들 정도는 가볍게 위협할 수 있는 S등급 헌터가 무려 세 명이나 존재하기 때문이었다.

일본에서야 괴물 백강현 한 명만 피하면 되지만, 한국에는 실종된 무신 이용진을 제외하더라도 뇌신 김현성과 지구 최강의 헌터인 재식, 그리고 한국 다섯 번째의 신규 S등급 헌터인 최수형이 있었다.

비록 최수형이 갓 S등급 헌터가 되었다지만, 그는 상당히 효율이 좋은 듀얼 속성을 각성한 헌터였다.

또한 언체인 길드에 들면서 재식으로부터 다양한 아티팩트를 받기도 했다.

심지어 재식과 함께 다양한 몬스터들과 전투하면서 경험도 풍부한 상태였다.

더욱이 최수형과 전투를 하더라도 결코 그 혼자 상급 마족들을 상대하지 않을 것이었다.

그 이유는 재식의 교육에 있었다.

재식은 늘 헌터들에게 대규모 몬스터 웨이브를 제외한 그 이외의 몬스터 사냥에 있어서는 항상 수적 우위를 점하라고 지시를 내렸다.

그러다 보니 대몬스터 포메이션을 수시로 훈련시키는 것 역시 당연했다.

훈련임에도 불구하고, 실전에서 결코 실수가 나오지 않을 정도로 꼼꼼히 가르쳤다.

때문에 상급 마족이 힘을 되찾았다 하더라도 부대를 이끄는 최수형의 상대가 되지 못할 것이었다.

그렇다고 상급 마족들이 중국에서 소환될 경우 유리하는가 하면, 그것 역시 아니었다.

중국의 경우 헌터의 인권이 무척이나 낮았다.

공산주의 국가이다 보니 대격변으로 사회가 혼란스러운 와중에도 공산당에 위협이 되는 헌터들을 숙청당했다.

때문에 헌터들이 제대로 힘을 얻기도 전에 목숨을 잃는 일이 빈번하게 일어나곤 했다.

그렇게 몇 차례 더 숙청이 일어나자, 중국의 헌터들은 대부분 공산당에 충성하는 인물밖에 남지 않게 된 것이었다.

설사 불만이 있다 하더라도 속으로만 삼킬 뿐, 겉으로는 감히 불만을 드러낼 수가 없었다.

그러니 중국 대륙에 상급 마족들이 도착했다고 해도 바로 숙청당하거나 공산당의 실험체가 되었을 것이다.

다른 나라들 역시 다른 이유로 비슷한 결과를 당하게 됐을 터였다.

일본의 경우가 특수해 상급 마족들로서는 운이 좋다고 밖에는 설명할 수 없었다.

일본은 이미 야마타노 오로치로 인해 헌터 전력이 망가져 일일이 헌터들을 통제할 수단이 없는 상태였다.

더욱이 외국의 성신 길드를 끌어들이면서 많은 통제 수단을 개정하고, 또 철폐했기에 그들이 헌터들 사이로 숨어드는 데 무리가 없었다.

그 덕에 지금은 어느 정도 힘을 회복한 상태로 조금은 자신을 드러내며 활동할 수 있게 되었다.

심지어 인간의 영혼과 완벽하게 동화한 상태이기에 자신들을 이상하게 볼 존재가 없다 판단에 칼리크는 헌터 협회장인 미야모토 신타로와 협상을 벌인 것이었다.

그 결과 그는 성공적인 협상을 거두었다.

다만, 그 과정에서 대마왕의 아바타로 적합한 신체를 가진 백강현을 확보하는 데 실패했을 뿐이다.

워낙 중요한 사안이다 보니 한 번뿐인 실수임에도 이처럼 눈치를 볼 수밖에 없었다.

애초 이 자리는 논의를 하기 위해 모인 자리였지만, 제각기 생각이 다르다 보니 좀처럼 의견을 맞추지 못하고 있었다.

그런 상급 마족들의 모습을 보고는 칼리크는 속으로 한숨을 내쉬었다.

그때, 두 여성체 중 하나인 이케다 에미가 자신의 생각을 말했다.

"어차피 첫 번째 계획이 틀어졌으니 그건 나중에 생각하고, 다른 방도를 찾아보도록 하지."

이케다 에미의 정체는 바로 지구에 온 상급 마족 중 서열 4위인 탈라크였다.

그녀는 칼리크와 카크로크, 그리고 벰브로스를 돌아보며 이야기하였다.

그러자 이케다 에미와는 자매지간인 이케다 아야세의 몸을 차지한 세이갈이 그녀의 말에 동조하며 자신의 생각을 이야기했다.

"그래. 어쩌면 지금 이 상황이 나쁘지 않을 수도 있어. 아니, 오히려 우리에게 잘 되었다고도 할 수 있지."

무력을 추구하는 마족이면서도 탈라크와 세이갈은 특이하게 처음 차지한 여성의 몸을 버리지 않고 계속해서 차지하고 있었다.

그 때문에 다른 마족에 관심이 없는 카크로크를 제외한 나머지 마족들은 모두 그 둘을 의아하게 생각하고 있었다.

하지만 자신의 힘을 기르는 데 가장 관심이 많은 이들이 마족이다 보니, 칼리크나 뱀브로스도 조금 의아하게 생각하기만 할 뿐 크게 관여하지는 않았다.

그러나 탈라크나 세이갈이 아무런 생각 없이 여성의 몸을 차지하고 있는 것은 아니었다.

처음에는 어쩔 수 없는 선택이었지만, 현재는 그렇지 않았다.

그들이 차지한 일본 여성 이케다 아야세나 이케다 에미는 키가 상당히 작고, 또 귀여운 외모를 가진 전형적인 일본 여성의 모습을 하고 있었다.

155cm와 153cm라는 작은 키인 이 둘은 일본 여성 평균보다도 3cm 정도 작아 다른 헌터들로부터 보호 본능을 자극했다.

그래서인지 이 둘이 몬스터 사냥을 나가면, 많은 남성 헌터들이 자발적으로 보조해 주고 보호해 주었다.

두 마족은 자신들이 차지한 육체를 적극적으로 활용하여 능력을 키우기로 한 것이다.

헌터라는 직업을 가지고 있다면 레벨과 능력으로 판단해야 함에도 인간은 어쩔 수 없이 본능적으로 사람을 외형적인 부분으로 판단한다.

그러다 보니 두 마족은 다른 남성 헌터들과 다르지 않았다.

아니, 어쩌면 더 강한 능력을 가지고 있으면서도 남성 헌터들의 희생으로 보다 쉽게 몬스터를 사냥하며 힘을 길렀다.

그러니 두 마족은 굳이 육체적으로 조금 더 뛰어나다고 지금의 몸을 버리고 다시 남자 인간의 육체를 얻고 싶어 하지 않았다.

만약 육체를 바꾸게 된다면 처음부터 다시 능력을 키워야 하는데, 지금 자신들에게 잘 보이기 위해 희생하는 헌터들의 도움을 다시 받을 수 있다는 생각이 들지 않기 때문이다.

더욱이 조금만 더 마력을 모으면 칼리크처럼 상급 중에서도 높은 마족의 경지에 들어갈 수 있었다.

그렇기에 다시 새롭게 시작하기보단 이대로 본래의 힘을 찾으려 하였다.

어차피 육체적 능력은 마력만 되찾으면 별 차이가 없었다.

그리고 그 마력을 되찾는 일에 방해가 되던 위험한 괴물이 이제 이 나라를 떠난 상태였다.

비록 그 존재가 대마왕의 아바타에 쓰려한 신체였지만,

자신들의 성장에 크나큰 방해를 하고 있었다.

때문에 전에는 눈치를 보며 능력을 키워 갔지만, 이제는 그럴 필요가 없어졌다.

현재 이 나라에서 가장 강한 존재가 바로 마족인 칼리크였기 때문이다.

말을 꺼낸 두 마족은 솔직히 그들이 대책 회의를 하고 있는 이유를 알 수가 없었다.

뭐가 문제인가.

소멸이 되지 않는 이상 남은 시간은 많았다.

무턱대고 힘을 되찾기 위해 무리수를 두었다가 소멸한 다섯 마족들을 생각해 보면 지금 상황이 나쁘지만은 않았다.

동족 다섯을 소멸시킨 괴물 백강현조차 자신들이 원래 가지고 있던 힘만 모두 회복한다면, 녀석이 다시 이곳에 온다고 해도 그리 위협적이지 않을 터였다.

그러니 그 괴물이 이 땅을 떠나 있는 지금이 어쩌면 기회일 수도 있었다.

탈라크와 세이갈은 이런 점을 다른 세 마족에게 어필하였다.

"음, 생각해 보니 탈라크와 세이갈의 이야기도 맞는 것 같군."

뱀브로스도 둘의 이야기를 듣고 잠시 생각을 하더니 이내 고개를 끄덕이며 동조하였다.

다른 마족들에 비해 특히나 전투력이 약한 벰브로스의 경우 마력을 키우기 위해선 많은 제약이 따랐다.

그의 특기가 바로 키메라 제작.

그러다 보니, 직접적으로 육체의 능력을 키우는 전투 마족이나 흑마법이 특기인 탈라크에 비해 솔직히 전투력이 떨어질 수밖에 없었다.

강력한 키메라가 있다면 이야기는 전혀 달라지겠지만 말이다.

어쨌든 그런 그가 현재 가지고 있는 키메라라고는 고작 5등급 엘리트 몬스터를 기반으로 만든 것이 유일했다.

그러다 보니 힘을 회복하는 것이 다른 마족들에 비해 쉽지 않았다.

어쨌든 자신들을 위협하는 괴물의 눈을 피해야 하는 것은 당연하였고, 몬스터를 사냥해 키메라 제작까지 해야 하니 힘을 되찾는 데 다른 마족에 비해 많은 시간이 걸렸다.

그런데 지금 자신들의 최대의 적인 괴물이 이 땅을 떠났다는 것을 상기하자 조금은 마음이 편해진 그였다.

그리고 그것에 대해서는 칼리크나 카크로크의 생각도 비슷했다.

대마왕에게서 받은 임무도 중요하지만, 그것은 어디까지

나 자신들의 생존이 우선시되고 나서의 이야기였다.

자신들이 소멸되고 나면 모든 것이 소용이 없었기 때문이다.

"그놈이 다시 세력을 이끌고 이곳으로 돌아오기 전에 우리가 먼저 이 땅을 차지하자."

탈라크는 눈빛을 반짝이며 자신의 생각을 이야기하였다.

벰브로스가 몬스터의 사체를 이용해 키메라를 제작하고 부리는 것에 특기가 있다면, 그녀의 특기는 영혼을 다루는 소환술이 특기였다.

흑마법을 이용해 영혼을 지배하고, 그것을 매개체로 자신의 꼭두각시를 만들어 이용했다.

지금이야 아직 다른 사람들의 시선을 의식해 사념체를 갑옷에 빙의시켜 일으키는 리빙 아머 마법을 이용하지만, 그녀가 가장 잘하는 특기는 바로 살아 있는 생명에 악령을 집어넣고 조종하는 인형술이었다.

하지만 그것을 다른 사람이 보는 곳에서 사용했다가는 바로 악마로 낙인이 찍혀 화형에 처할 수도 있었다.

만에 하나 그 소식이 백강현의 귀에 들어가게 된다면, 그에게 소멸된 마족들처럼 자신 역시 같은 꼴을 당할 수도 있어 사용하지 않았다.

그런데 이제는 아니다.

자신의 특기를 사용해도 제제할 수 있는 존재가 이 땅에 없다.

그러니 이렇게 자신 있게 자신의 생각을 말할 수 있는 것이다.

"잘되었군. 그렇지 않아도 내가 만난 헌터 협회장이란 놈을 이용한다면 그놈이 넘어오기 전에 이곳을 장악할 수 있을 거 같으니 말이야."

칼리크도 탈라크의 계획에 동조하였다.

그가 만나 본 일본의 헌터 협회장은 마족인 자신들과 비슷한 성향을 가지고 있는 놈이었다.

분명 인간이 맞기는 하지만, 영혼에서 풍기는 냄새는 마족과도 비슷했다.

그러니 충분히 탈라크의 계획이 통할 것 같았다.

다른 땅의 인간들은 모르겠지만, 이 땅의 인간들은 정말이지 자신들과 비슷한 냄새를 풍기고 있었다.

잘만 이용한다면 이른 시간에 원래 자신들이 가진 힘을 모두 회복할 수 있기에 대마왕이 내린 명령이 조금 늦춰지더라도 괜찮을 것 같다는 생각이었다.

"그래? 그럼 어떻게 장악을 하겠다는 것이지?"

카크로크는 무심하게 물었다.

그의 관심사는 마계에서도 그런 것처럼 최고의 마병을 만드는 것이다.

그 외에는 어떤 것도 크게 관심이 없었다.

"카크로크, 넌 그냥 지금처럼 마병을 계속해서 만들어 주면 돼."

"그렇다면 나도 네 계획에 찬성하겠다."

그의 계획이 자신이 하려는 일을 방해하지 않는다는 판단이 서자 찬성하는 카크로크였다.

그런 카크로크의 찬성에 탈라크는 미소를 지으며 다른 마족들을 쳐다보았다.

그러면서 그들을 둘러보며 하나하나 자신의 계획을 들려주었다.

지금까지 이런 계획은 칼리크가 주도했지만, 지금은 서열 4위에 불과한 탈라크가 이야기를 주도하고 있었다.

그리고 이러한 모습을 세이갈은 말없이 조용히 지켜보았다.

분명 두 마족은 자매로서 닮은 모습을 하고 있지만, 사실 알맹이는 너무도 다른 존재들이다.

한쪽은 소환술을 특기로 하는 마족이고, 또 다른 한쪽은 육체를 이용한 전투술을 특기로 하는 마족이다 보니 엄밀히 따지면 극과 극으로 대립하고 경쟁하는 사이나 다름없었다.

다만, 지구로 넘어와 차지한 육체가 자매이고, 또 영혼의 동조를 하다 보니 어느 정도 숙주의 영혼 파장에 동화되어 함께하고 있는 것이다.

그렇다 해도 본성이 가진 원초적 적대감이 사라진 것은 아니었다.

하여 이처럼 애증의 시선으로 그녀를 쳐다보고 있는 것이었고, 그건 탈라크라고 해서 다르지 않았다.

8. 복귀

대륙 연결 프로젝트가 시작된 지 6개월이라는 시간이 흘렀다.

처음 한국과 미국, 영국, 독일의 4개국 수장들이 모여 합의를 이루었다.

그 때문에 이 4개국이 주도국이 되어 남미의 브라질, 동유럽의 우크라이나, 인도, 파키스탄, 마지막으로 호주까지, 이렇게 5개국을 끌어들여 대륙 간 식량 자원 확보를 위한 무역로 개척 프로젝트를 시작하였다.

주체국인 한국, 미국, 영국, 독일 4개국은 안전한 무역로 확보를 위해 최정예 헌터 전력 400여 명을 차출하였고,

장장 6개월에 걸쳐 대륙을 연결하는 던전의 출입구에 요새화된 쉘터를 마련하였다.

물론 그렇다고 쉘터의 건설이 100% 완성된 것은 아니었다.

하지만 기본적인 기능은 완료되어 무역을 개시할 수 있는 수준에 이르렀다.

아직 갖춰지지 않은 것은 쉘터를 운영하는 관리자와 돌발 상황에 대처할, 혹은 안전을 책임질 헌터들이 머물 공간뿐이었다.

이런 것들이 완성되면, 추가로 쉘터에 머무는 사람들에게 편의를 제공할 부대시설이 들어설 예정이지만, 아직 거기까지는 시간이 더 필요한 상태였다.

그렇지만 기본적인 방어 시설이나 식량 교역을 위한 창고 정도는 최우선적으로 모두 완성할 수 있었다.

그동안 프로젝트에 힘을 쏟던 언체인 길드나 영국의 로열가드, 그리고 독일의 슈타예거들은 본래의 주거지로 돌아갔다.

굳이 각 국가들의 최고 전력이 이곳에 상주할 필요성이 없다는 판단 때문이었다.

다만, 미국의 헌터들은 자국으로 돌아가지 않았다.

대신 총 9개국으로 이루어진 던전 위원회와 새로운 계약을 맺고, 무역의 거점이 될 쉘터의 방어를 위해 남기로 결정했다.

아무리 던전 출입구 주변에 높은 성채를 세우고 밖에 해자를 팠다지만, 그것만으로는 쉘터가 안전하다고 장담할 수 없었다.

그 때문에 기본 방어 시설이 있다 하더라도 미국의 헌터 일부가 주둔할 수밖에 없는 것이었다.

물론 한국과 영국, 그리고 독일에서도 다른 헌터 길드들이 위원회와 계약하여 쉘터를 방어하기 위해 투입될 예정이지만, 당장으로서는 미국의 헌터들만이 계약을 맺은 채 쉘터에 남게 되었다.

사실 미국 입장에서도 헌터 병력들을 쉘터 방어에서 빼고 싶었다.

미국 역시 국토가 넓어 방어해야 할 곳이 너무도 많던 탓이었다.

하지만 그렇다고 언체인 길드나 영국의 로열 가드, 그리고 독일의 슈타예거에게도 똑같이 쉘터 방어를 위해 남아 달라고 할 수가 없었다.

그들에게는 저마다 중요한 임무가 부여되어 있었기 때문이다.

그러다 보니 프로젝트에 참가한 헌터 중 미국에서 파견된 헌터들은 다른 세 나라의 헌터들에 비해 계약이 쉬운 편이었다.

아무래도 한국이나 영국, 독일에서 파견된 헌터들의 경우에는, 그들이 가진 목적이나 소속이 뚜렷해서 오랜 시간이 걸리는 프로젝트에 참여시키기가 어려운 탓도 있었다.

영국과 독일의 경우, 그 소속이 국가의 안전을 지키는 중추적 헌터 집단인 로열 가드와 슈타예거였다.

차라리 일반 헌터 길드라면 계약으로 묶어 둘 수라도 있겠지만, 그들에게는 차마 그럴 수가 없었다.

언체인 길드는 로열 가드나 슈타예거와는 입장이 다르지만, 그들 역시 그들만의 할 일이 있었다.

그것은 바로, 치치하얼에 자리한 쉘터까지 안전한 수송로를 확보하는 일이었다.

때문에 병력을 나누어 쉘터 방어에 도움을 달라고 요청할 수 없었다.

그래서 일단 미국의 헌터들이 쉘터 방어를 하는 것으로 합의를 하고, 영국과 독일이 자국 내 다른 헌터 길드와 계약하여 쉘터 방어에 병력을 투입하겠다는 이야기를 하였다.

하지만 한국은 안전한 수송로 확보라는 임무 자체가 쉘터 방어와 연관이 있기 때문에 따로 병력을 지원하지는 않았다.

다만, 치치하얼에 건설된 쉘터의 방어와 함경북도 온성군 남양에서 장춘까지, 그리고 장춘에서 치치하얼까지의 수송로를 개척하는 일을 맡기로 했다.

명확하게 역할들이 구분되어 있지만, 사실 쉘터 방어 문제로 프로젝트의 주체국인 4개국 사이에서 첨예한 대립이 있었다.

미국의 입장에선 대륙 연결 프로젝트의 허브 역할을 하다 보니 많은 혜택과 의결권을 가지길 원했지만, 막상 이러한 의견을 강력하게 주장하지는 못했다.

그도 그럴 것이, 현재 미국이 한국에게는 아쉬운 소리를 해야 하는 입장이었기 때문이다.

한국이 다른 3개국보다 더 막강한 헌터 전력이 있기도 했고, 게다가 미국은 한국에서 생산되는 아티팩트와 식량 등을 수입해야 했다.

한국 하나 때문에 그런 것만은 아니었다.

영국과 독일도 마찬가지.

유럽은 아시아와 연결되어 있어 솔직히 식량 수급을 하고자 하면 굳이 던전을 이용하지 않아도 육상을 통해 충분히 수급이 가능했다.

다만, 좀 더 안전하고 다양한 수입처가 있으면 좋은 일이기에 프로젝트에 불만 없이 참여하는 것이다.

때문에 미국이 두 나라에 강하게 압력을 행사한다고 해도 쉽게 받아들이지 않을 터였다.

더욱이 4개국 중 식량 사정이 가장 시급한 것이 이 세 나라가 아니라, 바로 교역로의 허브 역할을 할 미국이었다.

그러다 보니 그들이 성급히 자신들의 주장을 꺼내지 못했다.

그렇다고 미국의 던전과 연결된 나라들에게 쉘터를 방어할 헌터 전력을 보내라고도 할 수 없었다.

안타깝게도 그들이 쉘터가 아니라 나라를 방어하는 것만으로도 벅찬 지경인 것은 미국 또한 잘 알고 있는 사실이었다.

그런 나라들에게 억지로 헌터 전력의 일부를 빼서 쉘터를 지키도록 하는 것은 오히려 안정적 식량을 수급하는 데 더 방해가 되는 일일 터였다.

자칫 무리하다가는 식량 창고를 잃을 가능성도 존재하였다.

그리하여 결국 어쩔 방도가 없던 미국이 일단 급한 대로 쉘터를 방어하기로 한 것이다.

이대로 미국이 욕심만 부리지 않는다면, 현재 몬스터로부터 도시와 마을을 지키는 것은 충분할 터.

하지만 미국 정부는 식량 자원 확보와 마찬가지로 몬스터에게 빼앗긴 자국의 영토 수복 역시 중요하게 여기고 있었다.

그러다 보니 조금 무리를 하려고 했고, 그 때문에 일은 계획대로만 흘러가지 않았다.

＊　　　＊　　　＊

스윽, 스윽.

검은색의 포털의 출입구에서 일단의 사람들이 튀어나와 빠르게 이동하여 넓은 공터 한쪽에 집결하였다.

저벅저벅.

"하, 돌아왔다."

"이야! 이게 얼마만이야."

장장 6개월이나 해외에 나갔다가 돌아온 것이다 보니 헌터들은 한마디씩 묵은 말들을 꺼내기 시작했다.

물론 이곳이 이들의 고향은 아니지만, 그래도 조금이나가 가까워진 것을 생각하니 마치 집에 돌아온 듯한 느낌이 든 것이었다.

우웅―

그긍!

저 멀리서 중장비들이 요란한 소음을 일으키며 건물을 짓는 모습이 보였다.

저벅저벅.

바로 그때, 대한민국 헌터 협회 소속의 한 남성 헌터가 다가왔다.

프로젝트를 위해 해외로 파견 간 언체인 길드의 정예들이 던전을 통해 돌아온 것을 알아차린 것이다.

그는 치치하얼 쉘터의 방어를 위해 파견 나온 헌터였다.

"안녕하십니까."

"네, 안녕하세요."

누군가 다가와 정중히 인사하자, 재식도 고개를 살짝 숙이며 인사하였다.

그런 재식을 향해 먼저 인사를 한 헌터는 자신의 신분을 밝히며 찾아온 용건을 이야기했다.

"전 대한민국 헌터 협회 소속 김수현 부장입니다."

김수현은 원래 헌터 협회의 관리직 간부가 아닌 헌터 공대의 공대장이었다.

하지만 치치하얼의 쉘터가 지어진 이곳, 즉 새롭게 건설된 도시인 눈강시의 방어 책임자로 파견되었다.

한국 정부와 헌터 협회는 자신들이 확보한 치치하얼을 나중에라도 중국에 다시 빼앗길 가능성을 염두해 지명부터 인근에 있는 눈강(넌장, 嫩江)의 이름을 따와 눈강시로 바꾸었다.

그러고는 이곳을 기반으로 주변까지 그 영역을 확대할 생각에 우선적으로 헌터 공대장인 그를 파견한 것이다.

그 때문에 직책 명만 방어 책임자일 뿐이지, 그는 행정까지 모두 아우르는 총책임자나 다름없었다.

그렇기에 언체인 길드가 길드장인 재식과 함께 프로젝트를 완료하고 돌아오자 인사차 찾아온 것이다.

물론 그저 인사만 하려는 것은 아니었다.

그에게는 헌터 협회장인 김중배가 재식에게 남긴 편지가 있기에 그것을 전달하기 위해 온 것이기도 했다.

"협회장님께서 제게 전하라는 편지입니까?"

"네, 그렇습니다."

김수현은 재식의 물음에 고개를 끄덕이며 대답하였다.

재식은 그런 김수현의 대답에 잠시 손에 들린 대한민국 헌터 협회장의 직인이 찍힌 편지 봉투를 내려다보았다.

편지는 제법 오래 전에 전달된 것인지, 조금 색이 바라져 있었다.

하지만 입구가 굳게 봉인되어 있는 것이 그가 임의로 내용물을 본 것 같지는 않았다.

"잘 받았습니다. 다른 말은 없었습니까?"

혹시 편지 외에 다른 전달 사항이 있는지를 물었다.

"다른 전달 사항은 따로 없으셨습니다. 다만, 편지를 받으면 바로 협회로 와 달라는 부탁을 남기셨습니다."

"알겠습니다."

"이후에는 어떻게 하실 예정이십니까?"

"어떻게 하다니요?"

재식은 김수현 부장이 자신에게 무엇을 물어보는 것인지 알 수가 없어 되물었다.

그런 재식의 반응에 김수현 부장은 차분하게 자신이 의견에 대해 설명했다.

"지금 언체인 길드원분들을 포함한 인원이 100여 명이 넘는 걸로 알고 있습니다."

"맞습니다."

"우선 사죄의 말씀부터 드리겠습니다. 현재 이곳에 건설된 숙소는 방어를 위해 파견된 헌터와 건설 노동자들이 머물고 있는 것이 전부입니다."

"아……."

재식은 그제야 김수현 부장이 무슨 말을 하고자 하는지 깨달았다.

그러고는 가벼운 미소를 지으며 고개를 끄덕였다.

"걱정하실 것 없습니다."

재식 역시 숙소가 부족한 이곳에 굳이 오래 머물 생각이 없었다.

더욱이 자신과 길드원들은 무려 6개월이나 집을 떠나 외국에 나갔다가 겨우 돌아온 상태였다.

비록 이곳이 각자의 집과 몇 백 키로는 더 떨어진 곳이라지만, 여태 그들이 온 길을 생각하면 아무것도 아닌 거리였다.

그러니 조금만 더 참고 집으로 돌아가 쉬는 것이 훨씬 나을 테다.

그리고 그건 재식뿐만 아니라 길드원 모두 역시 같은 생각이었다.

확실히 프로젝트를 끝내고 이곳에 도착했을 때만 해도 마치 고향이나 집에 돌아온 것 같은 생각이 들었다.

하지만 엄밀히 따지자면 생각만 그렇다는 것이지 그들에게는 한반도에서 한참 떨어진, 여전히 낯선 곳이나 다름없었다.

최소한 언체인 길드가 개발한 혜산시까지는 가야 진짜로 고향에 돌아왔다는 느낌을 받을 것이다.

"저희는 수송 편이 오면 바로 떠날 예정이니 걱정하지 않으셔도 됩니다."

재식은 프로젝트가 완벽히 끝난 것은 아니지만, 자신이 맡은 확실하게 마쳤기에 길드에 바로 연락을 하였다.

재식뿐만 아니라 길드원들 역시 빠르게 집으로 돌아가길 원했다.

때문에 이곳의 던전을 이용해 눈강시까지 빠르게 돌아왔다.

아마 지금부터 한 시간 정도만 더 기다린다면, 길드 본부에서 자신들을 데려가기 위한 헬리콥터 무리가 도착할 것이었다.

100여 명이나 되는 많은 인원이지만, 재식은 굳이 오랜 시간이 걸리는 차량을 이용해 집으로 돌아갈 생각이 없었다.

더욱이 이곳은 아직까지 차량을 이용할 정도로 주변이 완벽하게 정리되지도 않았고 말이다.

물론 안전한 수송로를 확보하기 위해 계속해서 몬스터들을 정리하고는 있지만, 그렇다고 별생각 없이 지상으로 이동하다가는 몬스터와 조우할 수도 있었다.

그렇게 되면 이동을 멈추고 몬스터를 처리해야 하는데, 지치는 것은 물론이고, 시간 역시 지체될 터였다.

재식은 지금 그러고 싶지 않았다.

오직 빨리 집으로 돌아가 오랜만에 가족들과 함께하고 싶은 생각뿐이었다.

그래서 재식은 출발 전에 미리 그런 자신의 생각을 길드에 전달했는데, 무려 반년이나 해외에 파견 가서 고생한 길드장과 길드의 정예들의 뜻을 거부할 간부는 아무도 없었다.

더욱이 대한민국의 최고, 아니, 전 세계에서 최고라 불리는 헌터인 재식과 최고라 손꼽히는 정예들이 조금 편하게 집으로 돌아오길 원하는데 들어주지 않을 사람이 누가 있겠는가.

"알겠습니다. 그럼 그렇게 알고 저는 다시 현장으로 돌아가 보겠습니다."

차라도 한잔 대접하겠다는 형식적인 예의조차 없는 그의 모습에도 재식은 아무런 반응을 보이지 않았다.

현재 이곳 눈강시에는 이렇다 할 편의 시설이 아무것도 없었기 때문이다.

그도 그럴 것이, 최우선적으로 무역할 수 있는 시설과 식량이 들어설 창고를 건설하는 것이 우선이기 때문이었다.

하여 현재 이곳에 있는 편의 시설이라고는 파견된 헌터들과 건설 인력의 숙소, 그리고 그들이 식사를 하는 식당이 전부였다.

✱　　　✱　　　✱

다다다.

털썩.

쪽—

무려 6개월여 만에 마주한 두 연인은 누가 먼저라 할 것도 없이 서로를 얼싸안고 키스하였다.

"으음……."

연인과 입을 맞춘 최수연은 환한 대낮인데도 불구하고,

다른 사람들의 시선조차 무시한 채 재식의 입술을 찾았다.

"뭐야! 갑자기 뛰어간 이유가 재식 오빠 때문인 거야?"

정미나는 재식을 끌어안고 열렬히 키스하는 최수연을 보며 소리쳤다.

그러면서 주변을 두리번거리며 무언가를 찾았다.

"애, 넌 뭘 그리 찾아?"

그런 정미나를 본 이하윤이 물었다.

"아니, 재식 오빠가 여기 있으니까, 혹시 정태도 오지 않을까 해서 그랬지."

정미나는 재식의 주변을 아무리 둘러보아도 그녀의 연인인 김정태의 모습이 보이지 않자 적잖게 실망했다.

"어머, 그러고 보니 그러네."

정미나의 대답에 잠시 눈을 깜빡이던 이하윤도 그녀의 말에 동조했다.

국가 프로젝트 때문에 재식과 함께 해외 파견을 나간 연인이 생각난 이하윤 역시 방금 전의 정미나처럼 재식의 주변을 살폈다.

하지만 그녀도 연인의 모습이 보이지 않자, 이내 실망하며 재식과 최수연을 바라보며 소리쳤다.

"거기, 그만 염장 지르고 떨어져 봐! 다른 사람은 같이 안 왔어?"

하지만 그녀의 물음에도 오랜만에 만난 두 연인은 쉽게 떨어지려 하지 않았다.

"아니, 이 사람들이 정말……."

급기야 이하윤과 정미나, 그리고 조용한 신초롱마저 끼어들어 두 사람을 떼어 냈다.

"하하, 이거 참."

자신을 억지로 떼어 낸 세 사람의 모습에 재식은 민망하여 작게 웃었다.

하지만 연인과의 시간을 방해받은 최수연은, 부끄러운 기색 따위는 하나도 찾아볼 수 없이 눈꼬리가 화난 고양이마냥 올라갔다.

"뭐야! 몇 개월 만에 만난 연인이랑 해우를 즐기는데, 이걸 방해해? 너희 정말……."

연인과의 시간을 방해받아 화가 난 최수연의 말이 이하윤의 말로 인해 끊겼다.

"언니, 그런 건 나중에 따로 두 사람만 있을 때 해."

"아니……."

자신이 아무리 화난 목소리로 따져도 쳐다보는 척조차 하지 않는 세 사람의 모습에 최수연은 황당해 말을 잇지 못했다.

"재식아! 다른 사람은 없고 왜 너만 여기 있는 거야?"

이하윤은 단도직입적으로 물었다.

그런 이하윤의 질문에 재식은 빙그레 미소를 지으며 대답했다.

"나야 여기 수연 씨를 보기 위해 바로 왔지만, 다른 사람은 곧장 집으로 갔으니까 그렇지."

재식 역시 이하윤과 마찬가지로 단도직입적으로 다른 설명 없이 곧이곧대로 이야기했다.

틀린 말은 아니었지만, 세 사람에게 다른 의미로 전달되기에는 충분했다.

마치 나는 연인인 최수연을 너무도 사랑해서 바로 만나러 왔지만, 다른 사람들은 너희보다 집을 먼저 선택했다는 뜻으로 해석되는 것이다.

물론 사실은 전혀 달랐다.

그들 역시 자신의 연인을 반년 만에 보는 건데 어찌 바로 달려오고 싶지 않겠는가.

하지만 그들에게는 그러지 못할 사연이 있었다.

재식이야 마법으로 이동 내내 깔끔한 모습을 유지할 수 있지만, 다른 사람들은 그렇지 않던 것이다.

프로젝트에서의 역할을 마치고 여기까지 오는 내내 세수조차도 할 수 없던 것이다.

그나마 눈강시에서는 제대로 씻을 수 있는 곳이 있지 않을까 잠시 기대했지만, 그마저도 편의 시설이 없다는 말에 좌절해야 했다.

그렇다고 길드장인 재식에게 자신들도 마법으로 깔끔하게 만들어 달라고 부탁할 수도 없었다.

굳이 그런 일로 길드장에게 능력을 사용하라고 강요할 수는 없지 않은가.

더욱이 다른 헌터들도 있는 자리에서 말이다.

결국 그 때문에 서울에 도착하자마자 연인이 있는 최수형이나 윤태형 등은 연인들에게 잘 보이기 위해, 혹은 멋을 부리기 위해 집으로 급히 돌아간 것이다.

그 사이에 재식은 연인인 최수연을 만나러 온 것이지만 말이다.

재식 역시 이러한 사실을 말해 줄 수 있지만, 자신들의 즐거운 해우를 방해한 세 사람이 괘씸해 약간 오해의 소지가 있을 법하게 말을 한 것이었다.

'뭐, 그렇다고 아예 없는 말을 한 것은 아니잖아?'

재식은 그렇게 이야기하고 최수연의 팔짱을 낀 채 헌터 협회 안으로 들어갔다.

"재식 씨, 그 말 사실이야?"

표정이 굳어진 세 사람을 남겨 두고 재식과 팔짱을 낀 채 걸어가던 최수연이 조심스럽게 물었다.

"응, 쟤들이랑 바로 데이트해야 한다고 집으로 씻으러 갔지 뭐야."

"뭐? 아니, 그럼 왜 말을 그렇게 해? 쟤들 괜히 오해하는 거 아니야?"

최수연은 뜻밖의 말에 조심스럽게 고개를 돌려 낙심한 세 사람의 모습을 바라보며 작게 속삭였다.

"흐흐, 우리를 방해한 벌이라고 생각하면 상당히 싼 편이지."

재식은 장난기 가득한 웃음을 지어 보이며 대답했다.

"그건 그래."

그제야 최수연도 작게 웃으며 동조했다.

* * *

오랜만에 만난 재식과 최수연은 팀 유니콘 제5전대 전용 휴게실에서 그동안 밀린 이야기를 나누었다.

대륙 연결 프로젝트 때문에 장장 6개월을 떨어져 있던 탓인지, 두 연인은 뭐가 그리 즐거운지 30분이 지나도록 즐겁게 떠들었다.

그런 두 사람의 모습을 지켜보던 세 여성의 날카로운 시선이 이내 옆에서 찌그러져 있는 세 명의 남자에게로 향했다.

"자기야, 미안해."

"우린 그냥 오랜만에 만나니까 근사한 곳에서 합계하고

싶어서 씻느라……."

최수형과 윤태형은 자신들을 째려보는 이하윤과 신초롱의 눈치를 보며 변명하였다.

"흠, 자긴 뭐 할 말 없어?"

최수형과 윤태형이 자신의 연인들에게 재식보다 늦게 찾아온 이유에 대해 한참 동안이나 변명하고 있을 때, 정미나가 자신의 연인인 김정태를 보며 물었다.

그러자 최수형과 함께 눈치를 보던 김정태는 얼른 정미나의 곁으로 다가와 품속에서 무언가를 꺼내 그녀에게 내밀었다.

"난 자기에게 주려고 선물을……."

다른 변명보다 선물이 제격이라 생각한 김정태는 정미나의 물음에 다른 변명보다 선물을 준비하느라 늦었다 대답하였다.

게다가 일부러 뒷말을 끝맺지 않아 그녀 스스로 김정태가 왜 늦었는지에 대해 상상하게 함으로써 화를 풀게 만들 요량이었다.

물론 그런 김정태의 수작은 아주 효과가 좋았다.

이 모습만 봐도 윤태형이나 최수형에 비해 김정태가 좀 더 연애에 대해 능숙하다는 것을 알 수 있었다.

자신의 앞에 선물을 들이미는 김정태의 모습에 잠시 멈칫하던 정미나는 금방 만면에 미소를 지어 보였다.

그리고 조심스럽게 자신을 보고 있는 김정태에게 뽀뽀해 주었다.

쪽, 쪽.

"늦은 건 괜씸하지만, 선물을 준비하기 위해서라면… 특별히 용서해 줄게."

솔직히 세 여성은 연인이 늦은 것에 그리 기분이 나쁜 것은 아니었다.

어찌 반년 만에 보는 연인을 보고도 기분이 나쁘겠는가.

그저 그들이 재식보다도 늦게 자신에게 왔다는 것이 섭섭할 뿐이었다.

그러면서도 내심 반가운 마음을 숨기고 싶어 짐짓 화가 난 것처럼 반응한 것뿐이었다.

한편, 김정태가 연인인 정미나에게 뽀뽀를 받는 모습에 최수형과 윤태형도 얼른 자신의 품에서 선물을 꺼내 보였다.

"우, 우리도 준비했어."

"나도 준비했어!"

누가 친구 아니랄까 봐, 동시에 말을 꺼내는 두 사람이었다.

"선물?"

늦게 도착을 한 세 사람이 연인을 위해 선물을 가져왔다는 소리에 한쪽에서 알콩달콩 대화를 나누던 최수연이 재식과 세 사람을 번갈아 바라보았다.

그런 최수연의 모습에 재식은 고소를 지으며 작게 그녀만 들리게 이야기하였다.

"오늘 저녁에 줄게. 기대해."

"어머."

재식의 나직한 귓속말에 최수연의 얼굴이 순식간에 벌겋게 달아올랐다.

하지만 재식을 제외한 다른 사람들은 그녀가 무엇 때문에 그토록 부끄러워하는지 몰랐다.

아니, 자신들의 연인에게 집중하느라 신경을 쓰지도 않았다.

"아, 그렇지. 나 잠시 협회장님 좀 만나고 올게."

연인인 최수연과의 밀린 이야기만큼 중요한 건 없지만, 시간이 조금 더 급한 용무가 있었다.

이곳 헌터 협회를 찾은 중요한 이유 때문이었다.

다름 아니라 프로젝트에 참가하기 전에 대한민국 헌터 협회장인 김중배와 나눈 이야기 때문이었다.

최수연에게는 미안하지만, 김중배와의 일은 조금이라도 빠르게 처리해야 할 만큼 중요한 일이었다.

재식은 오늘 저녁에 그녀와 다시 만나 밀린 이야기로 밤을 새겠다고 속으로 다짐했다.

그런 그의 마음은 이해하지만, 거의 반년 이상 떨어져 있던 연인과 조금이라도 더 함께하고 싶은 것이 여자의 마음이었다.

때문에 잠깐 이야기를 나누다 다른 약속 때문에 곧바로 자리를 떠난다는 재식의 말에 조금 섭섭한 마음이 드는 최수연이었다.

그러한 마음이 얼굴에 드러났는지, 재식은 짐짓 당황하는 모습이었다.

"미안해. 협회장님과 정말로 중요한 이야기가 있어서 그래. 한 번만 이해해 줘, 응?"

재식은 섭섭해 하는 최수연의 손등을 쓰다듬으며 다시 한 번 양해를 구했다.

"알았어… 그럼 먼저 가 있을 테니까 끝나면 바로 연락해야 해."

"알았어. 무조건 연락할게."

재식은 최수연에게 작별 키스를 하고는 자리에서 일어났다.

"난 일이 있어 먼저 간다."

그렇게 재식은 다른 사람들에게도 인사를 하고 헌터 협회장인 김중배를 만나러 휴게실을 빠져나갔다.

이처럼 재식이 급하게 휴게실에서 나가자, 뒤늦게 연인끼리 이야기를 주고받던 여섯 명이 갑자기 변한 분위기에 조심스럽게 최수연의 눈치를 보았다.

"누나, 무슨 일이야?"

최수형이 조심스럽게 자신의 누나인 최수연에게 무슨 일로 재식이 나가는 것인지 물었다.

그런 최수형의 질문에 최수연은 태연한 척하며 대답하였다.

"별일 아니야. 회장님이랑 약속이 있어서 갔다가 온대."

"아, 그것 때문에 만나러 가나 보네."

최수형은 뭔가 아는 것인지 조용히 중얼거렸다.

사실 그는 재식이 무슨 일을 하려는지 어느 정도 알고 있었다.

프로젝트 내내 재식이 무언가에 쫓기는 듯 급히 일을 처리하는 것을 본 탓에 언젠가 한 번 물어본 적이 있었다.

그리고 그때 재식으로부터 최수형은 충격적인 이야기를 듣게 되었다.

현재의 일이 지구의 신이라는 존재가 벌이고 있는 것이며, 그 존재는 이계의 존재들을 끌어들여 억지로 인류를 진화시키고 있다는 이야기였다.

게다가 그런 이계의 존재들 중 인류의 안전에 극히 위협이 되는 존재들이 지구로 스며들었고, 그중 하나가 현재 자신들이 쫓는 몬스터들이었다.

재식은 거기서 그치지 않고 또 다른 존재는 이런 몬스터보다 더 위험한 존재라 말했다.

아니, 이런 몬스터와는 비교가 되지 않을 정도로 극히 위험해 초반에 예방하지 못하면 재앙이 펼쳐질 거라는 이야기까지 들었다.

그리고 그런 존재가 일본에 있을 가능성이 가장 유력하다고 했다.

"뭔데?"

최수형이 중얼거리는 걸 들었는지, 사람들은 그의 주위로 모여 이야기하기 시작했다.

헌터 협회 회장까지 연관된 이야기니, 어쩌면 자신과도 연관이 있을 수도 있다 생각해 관심을 보인 것이다.

한편, 동생인 최수형의 이야기를 듣던 최수연은 연인인 재식이 정말로 지치지도 않고 많은 일들을 한다 생각을 하였다.

협회 소속 헌터도 아니면서 여느 헌터 길드의 수장들과 다른 행보를 보이는 재식이 한없이 크게만 보이는 그녀였다.

*　　　*　　　*

팀 유니콘의 제5전대 전용 휴게실을 나온 재식은 다시 헌터 협회 본관의 협회장실을 향해 발걸음을 옮겼다.

자신이 반년 넘게 자리를 떠난 관계로 그동안 부탁한 정보를 듣기 위해서였다.

칸트라 차원에서 차원 게이트를 통해 넘어오는 존재들은 무척이나 위험한 존재들이다.

하지만 그중에서도 인류에게 가장 위협이 되는 존재는 바로 마계의 존재들이었다.

재식은 머릿속으로 적을 알고 나를 알면 100번 싸워 100번을 이긴다는 고사를 떠올렸다.

몬스터나 천사에 대한 정보는 일전에 인연을 맺은 영국과 독일 정부의 도움으로 완벽하진 않지만 어느 정도 파악하고 있었다.

하지만 마계의 존재들은 아니었다.

마계의 존재들은 다른 곳도 아니고 재식과 전혀 인연이 없는 일본에 있기 때문이다.

그 때문에 대륙 연결 프로젝트에 한국의 대표로 참여하면서 그사이 김중배 협회장을 통해 정보를 부탁한 것이었다.

그리고 김중배 협회장은 재식의 부탁을 받고 이를 일본에 진출한 성신 길드의 백강현에게 부탁하였다.

일본에서는 한국의 헌터 협회장인 자신보다 일본 정부와

헌터 협회의 절대적인 지지를 받고 있는 성신 길드장인 그가 더 유리했기 때문이다.

물론 아무리 협회장의 부탁이라 하더라도 성신 길드의 길드장인 그가 들어준다는 보장은 없었다.

다만, 인류의 안녕과 관련된 문제이고, 또 헌터로서 몬스터의 위협보다 더 인류에게 위협되는 존재라 알렸으니, 분명 정보를 알아보는 행동 정도는 조금이라도 취할 거라 여긴 것이었다.

똑똑.

"들어오세요."

재식이 협회장실 문에 노크를 하자, 방 안에서 김중배의 목소리가 들려왔다.

덜컹.

재식은 곧바로 문을 열고 집무실 안으로 들어갔다.

"안녕하셨습니까?"

재식이 집무실 안으로 들어서며 인사하자, 김중배가 그를 반갑게 맞이했다.

"아니, 이게 누구야! 어서 오게!"

사실 김중배는 대답할 때까지만 해도 살짝 언짢은 기분이었다.

그도 그럴 것이, 퇴근 시간이 다 되어 가는 마당에 기별도 없이 누군가 자신을 찾아왔기 때문이다.

하지만 문을 열고 들어오는 사람이 대륙 연결 프로젝트로 파견을 간 재식이란 것을 확인하자, 벌떡 자리에서 일어나 그를 맞이할 정도로 기뻐했다.

"퇴근 시간에 죄송합니다. 많이 바쁘십니까?"

김중배가 집무실 책상에 앉아 업무를 보는 모습을 잠깐 보았기에 재식은 그리 물었다.

"아, 괜찮네. 마침 일도 다 끝나서 막 퇴근을 하려던 중이었지."

그동안 재식이 어떻게 자신과 협회에 많은 도움을 주었는지 잘 알고 있는 김중배는 흐뭇한 미소를 지으며 하던 일을 멈추고 집무실 가운데 있는 소파로 그를 이끌었다.

"그래. 날 찾아온 것을 보니 프로젝트가 어느 정도 마무리되었나 보군."

프로젝트에 참가한 재식이 자신을 찾아오자, 김중배는 국가적 프로젝트 하나가 어느 정도 고비를 넘겼다는 생각이 들었다.

프로젝트에 참가하는 각 국가들은 최고의 헌터들을 엄선해 파견했기에 한국과 영국, 그리고 독일은 솔직히 프로젝트가 진행되는 동안 발생하는 상당한 전력 공백에 무척이나 우려가 되었다.

혹시라도 미국에 벌어진 재앙급 몬스터 웨이브가 다시 한 번 발생하면 어떡하나 하는 우려 때문이었다.

만약 그런 일이 벌어지게 된다면, 4개국 정상들은 프로젝트 협의에서 파견한 헌터들을 즉시 몬스터 웨이브에 동원하기로 약속한 것이었다.

이러한 약속 없이도 네 명의 S등급 헌터와 최상급의 헌터 400여 명은 사태 정리를 위해 자발적으로 지원하겠지만, 이미 일이 벌어진 뒤에 뒤늦게 투입하게 되면 많은 피해가 있을 거라는 예측 때문이었다.

이 약속 때문에 각국 정부는 한시라도 빨리 프로젝트가 마무리되길 원했다.

그러기 위해 각국이 총력을 기울여 프로젝트에 전력을 쏟는 것은 당연했다.

다행히 프로젝트가 진행되는 동안 큰 사고는 없었다.

하지만 지난 반년 동안 각국 정부는 물론이고, 대한민국 헌터 협회 역시 간이 조마조마했다.

"네. 마무리까지는 조금 남았지만, 굳이 저희들이 있을 필요가 없다 판단하고 일단 쉘터의 안전만 어느 정도 확보하고 돌아왔습니다. 그런데……."

재식은 간단하게 프로젝트 진행에 대해 이야기하고는 궁금한 것에 대해 물었다.

"일본에 대한 정보는 어떻게 되었습니까?"

지구로 넘어온 칸트라 차원의 세력 중 유일하게 재식이 알지 못하는 것이 마계의 세력이었다.

계약한 최상급 정령에게 듣던 것을 생각해 보면, 마계의 존재들은 몬스터보다 더 기상천외한 방법으로 인류를 위협할 것이 분명했다.

더욱이 마계의 존재들은 칸트라 차원에서 인류를 멸종시키는 데 많은 역할을 한 존재들 중 하나였다.

몬스터도 그중 하나이긴 하지만, 녀석들은 이미 몇 십 년 동안 싸워 온 존재들이기에 두려움 따윈 전혀 없었다.

하지만 마족이라는 존재는 재식은 물론이고, 지구의 어느 누구도 경험한 바가 없었다.

무지(無知).

알지 못한다는 것은 인간에게 막연한 두려움을 준다.

또한 잘 모르는 적을 상대하는 데에는 더 힘이 들 수밖에 없었다.

심지어 마계의 존재들은 인간의 약점을 잘 파악해 교묘히 파고든다고 들었다.

그러니 최소한 마계의 존재들이 어떤 존재이고, 또 어떤 능력을 가지고 있는지 정도는 반드시 알아야만 했다.

"안타깝게도 정보는 많지 않네."

김중배는 단호히 말을 하면서도 내심 재식을 보는 게 미안한 듯 미간을 찡그렸다.

"일본에서 다수의 S등급 헌터가 더 나온 건 알고 있나?"

"그래요? 처음 듣네요."

재식은 드디어 일본에서도 S등급 헌터가 생겼다는 것은 들었다.

하지만 반년 사이 또 다른 S등급 헌터가 나왔다는 김중배의 이야기에 깜짝 놀랐다.

더욱이 한 명이 아닌, 두 명 이상의 헌터가 S등급이 되었다는 이야기에 눈을 동그랗게 뜬 재식이었다.

"혼다 다이스케, 이케다 에미, 그리고 이케다 아야세 이렇게 세 일본인이 S등급 헌터가 되었다고 일본에서 발표했네."

탁.

이야기를 하다 보니 잠시 목이 타던 김중배는 탁자 위에 놓인 찻잔을 들어 한 모금 마신 뒤 천천히 내려놓았다.

이 때문에 작은 소음이 발생했지만, 방금 들은 이야기 때문에 조금 충격을 받은 재식은 아랑곳하지 않고 생각에 잠겨 있었다.

그런 재식의 모습에 김중배 협회장은 재식이 생각에서 벗어날 때까지 조용히 기다리기로 하였다.

"…그럼 일본은 공식적으로 네 명의 S등급 헌터를 보유한 셈이군요."

생각을 어느 정도 정리한 재식이 물었다.

"그렇지. 일본은 반년 전 도쿄만에 나타난 재앙급 몬스터를 사냥한 유키 히데오까지 해서 총 네 명의 S등급 헌터를 보유했다고 얼마 전에 발표했네.”

“음…….”

한두 명도 아니고, 반년 사이 무려 세 명의 S등급 헌터가 새로 출현했다.

물론 그럴 가능성이 아예 없는 것은 아니었다.

하지만 일본의 경우 5년 전, 야마타노 오로치로 인해 헌터 전력이 사실상 사라진 것이나 다름이 없을 정도로 무너져 버린 상태였다.

2차에 걸쳐 야마타노 오로치의 레이드에 실패하면서 일본에는 고작 3등급의 헌터조차도 찾아보기 힘들 정도로 하위의 헌터들만 남아 있게 되었다.

아니, 찾아보면 분명 4등급 헌터도 몇 명 정도 있겠지만, 확실하게 5등급 이상의 헌터는 남아 있지 않았다.

일본 경제의 중심이라 할 수 있는 비와호 일대를 장악하고 자리를 잡은 야마타노 오로치.

그 엄청난 괴물을 퇴치하기 위해 무리해서 벌인 레이드는 처참히 실패했다.

그럼에도 불구하고 헌터 동원령을 내린 일본 정부는 이마저도 거듭 실패했다.

결국 일본 정부는 자신들보다 한 수 아래라 생각하던 한국인 헌터들을 불러들여 자신들이 토벌 실패한 야마타노 오로치를 처리해 달라고 애걸하였다.

결국 성신 길드에 의해 야마타노 오로치가 퇴치되고, 경제가 어느 정도 살아나긴 했다.

하지만 몬스터에 대한 위협은 그것으로 끝이 아니었다.

이미 헌터 전력이 사라진 것이나 다름없는 일본에는 아직도 많은 차원 게이트와 던전이 남아 있었다.

그래서 일본은 많은 지원과 혜택을 아끼지 않겠다며 성신 길드에 러브콜한 것이었다.

그렇게 갖은 구애를 통해 헌터 전력의 공백을 매우기 위해 노력했지만, 이미 무너진 헌터 전력은 쉽게 회복되는 것이 아니었다.

현재 일본인 헌터들의 분포만 봐도 알 수 있지 않은가.

일본 최고 레벨의 헌터들은 6등급 초반의 헌터가 대부분이었다.

그런데 난데없이 S등급 헌터가 무려 네 명이나 불쑥 튀어나오다니.

한두 명이라면 어느 정도 이해할 수 있어 그냥 넘어갈 수도 있었다.

하지만 아무리 뛰어난 천재라도 환경이 받쳐 줘야 한다.

S등급은 혼자 성장한다고 이를 수 있는 경지가 아니었기 때문이다.

재식처럼 특별한 경우가 아닌 이상 불가능에 가까운 일이었다.

그럼에도 현재 일본의 상황에서 6등급 이상의 고레벨을 뛰어넘고 바로 7등급에 해당하는 S등급 헌터가 된다는 것은 상식적으로 말이 되지 않았다.

그 때문에 재식은 행여 마계의 존재가 그 과정에 무언가 영향을 준 게 아닌가 하는 의심이 생겨났다.

재식은 의심하면서도 이런 자신의 생각이 틀리기를 간절히 바랐다.

9. 다시 찾은 성신 길드

늦은 저녁, 집으로 돌아온 재식은 침대의 한쪽 귀퉁이에 앉은 채 무언가 곰곰이 생각하고 있었다.

드르륵.

"자기, 아직도 그러고 있어?"

화장실을 나온 최수연은 하얀 가운을 입은 채 젖은 머리를 타월로 만 모습이었다.

재식은 김중배 협회장을 만나고 돌아온 뒤, 다시 일행과 합류해 그동안 쌓인 회포를 풀었다.

일행과 함께 한참이나 즐거운 시간을 보내던 재식은 늦은 시간이 되어서야 최수연과 함께 집으로 돌아올 수 있었다.

둘 다 피곤했기에 최수연이 안방 화장실을 사용하는 동안 재식이 거실 화장실에서 씻기로 했다.

그런데 최수연이 씻고 나왔음에도 재식이 집에 들어올 때 모습 그대로 침대에 앉아 있기에 그녀는 그리 물어본 것이었다.

"아, 미안. 좀 생각할 게 있어서……."

"사과할 게 뭐 있어. 그런데 무슨 일 있어? 표정이 안 좋네."

다소 심각해 보이는 재식의 표정에 최수연은 그의 곁에 앉으며 어떤 고민인지 물었다.

"혹시 그 마계의 일 때문에 그래?"

재식이 아무런 말이 없자, 최수연은 낮에 최수형이 한 말을 떠올리며 재차 물었다.

그러자 재식이 깜짝 놀라며 되물었다.

"어? 내가 말했나?"

"아니. 낮에 자기가 협회장님 보러 갈 때, 수형이가 이야기해 줬어."

"아……."

재식은 그녀의 대답에 짧게 탄성을 지르고는 다시 생각에 빠졌다.

자신의 고민을 최수연에게 이야기해야 할지, 아니면 그냥 덮어 둘지 고민하는 것이었다.

"그런데 정말 수형이가 한 말이 사실이야? 그런 존재들이 지구로 넘어온다는 이야기 말이야."

대략적인 이야기만 들은 최수연은 비록 자신의 동생이 한 말이지만, 확신할 수가 없었다.

다만, 최수형에게 그 이야기를 해 준 사람이 옆에 앉은 재식이고, 그가 그런 심각한 일과 관련해서는 농담을 하지 않는다는 것을 잘 알기에 긴가민가하고 있었다.

결국 재식은 걱정스러운 눈길로 자신을 바라보는 최수연의 시선에 못 이겨 사실대로 털어놓기로 마음먹었다.

"맞아. 사실이야."

"정말? 그럼 이제 우리 어떡하지……."

확신하지 못하던 그녀였지만, 내심 재식의 표정을 보고서 어느 정도는 사실일 거라고 생각하고 있었다.

하지만 이처럼 재식에게 직접적으로 맞다는 이야기를 듣자, 다시 걱정이 머릿속에 물밀 듯이 들어왔다.

그녀 역시 헌터이다 보니 몬스터에 대해서는 잘 알고 있었다.

인류의 적.

인류의 생존을 위협하는 괴물.

한데 이처럼 잘 아는 몬스터가 아닌, 전혀 새로운 적의 등장에 걱정이 된 것이다.

하지만 이어지는 재식의 이야기에 그녀는 자신이 한 걱정은 아무것도 아니라는 것을 알게 되었다.

"실은 이번에 일본에서……."

재식은 이야기를 하면서 살짝살짝 최수연의 표정을 살폈다.

괜히 감당하지 못할 비밀을 말했다가 그녀가 받아들이지 못하고 현실을 부정할까 그 역시 두려운 탓이었다.

고위 헌터이니 그러지 않을 거라는 믿음은 있지만, 그녀는 헌터이기 이전에 자신의 연인이었다.

최수연은 한참 동안이나 말이 없더니, 이내 천천히 입을 열었다.

"그럼 자기 생각에는 일본의 네 S등급 헌터가 방금 전에 말한 마계의 존재들 같다는 거지?"

"어. 마계의 존재가 아니더라도 분명 연관되었을 거라고 생각해."

"내가 자기를 의심하는 건 아닌데, 어떤 근거로 그렇게 생각하는지 물어봐도 돼?"

행여 재식이 오해할까 봐 최수연은 조심스럽게 물었다.

어느덧 걱정을 내려놓고 상황을 파악하려는 최수연의 모습에 재식은 작게 미소 지었다.

"상식적으로 말이 안 돼. 자기도 알다시피 아무런 과정 없이 대뜸 S등급 헌터가 네 명씩이나 나오는 건 비정상적이지."

재식은 일본과 한국의 헌터 인프라를 비교하며 일본에서 네 명이나 S등급 헌터가 나온 일이 얼마나 기적과도 같은 확률인지 알 수 있도록 자세히 설명해 주었다.

그런 재식의 설명에 최수연은 자신도 모르게 눈이 커졌다.

"확실히… 듣고 보니 그러네."

한국은 일본 이상으로 재앙급 몬스터의 출현이 빈번했다.

다행히 그때마다 S등급 헌터가 나타나 이를 막아 내며 자신을 드러냈다.

무신과 뇌신, 그리고 괴물이란 닉네임을 획득한 헌터들이 바로 그들이었다.

재식 역시 그들이 없을 때 나타난 재앙급 몬스터를 퇴치하며 당당히 S등급 헌터로 자리했다.

반면, 일본은 그렇지 못했다.

심지어 고위 헌터들을 모조리 투입해 전멸하는 바람에 헌터 전력에 공백이 온 상황.

이미 전 세계적으로 뒤처진 상태였다.

그런데 느닷없이 무력의 정점인 S등급 헌터가 등장했다.

그것도 무려 네 명씩이나.

하다못해 시기를 두고 한 명씩 두각을 드러냈다면, 은거 기인이라 생각할 수도 있었다.

이처럼 너무도 부자연스러운 상황에 재식은 의심할 수밖

에 없는 것이다.

아무리 재능이 있고 S등급이 될 자질이 충분하다 해도 갑작스럽게 S등급이 될 수는 없다.

오랜 시간 동안 몬스터를 사냥하고 경험을 쌓으며 레벨을 올려야 한다.

그렇게 한참을 쌓아 올린 레벨은 어느 지점에 이르면 벽에 막힌 것처럼 더 이상 오르지 않는다.

헌터들은 이 지점을 S등급으로 가는 '마의 벽' 이라 불렀다.

그냥 몬스터를 사냥하는 것만으로도 오르는 레벨과는 달리 마의 벽은 쉽게 뚫리지 않았다.

마의 벽을 넘은 이들은 모두 하나같이 말한다.

깨달음이 있어야 한다고.

어떤 계기로 깨달음을 얻으면 마치 각성이라도 한 것마냥 한순간에 벽을 허물고 새로운 경지에 들어설 수 있다는 것이다.

그리고 이 깨달음은 노력과 재능만으로는 절대 불가능한 것이었다.

최수연과 최수형을 보면 알 수 있다.

두 사람은 남매 지간이지만, 헌터로서의 차이는 명확했다.

최수연은 자신보다 두 살 많은 최수형보다 먼저 각성하

고, 또 헌터로서도 빠르게 성장했다.

마의 벽 역시 그녀가 먼저 마주할 수 있었다.

하지만 먼저 S등급이 된 것은 뒤늦게 각성한 최수형이었다.

순전히 재식 덕분이라 생각하는 이들도 많았다.

하지만 이 이야기를 재식이 듣는다면 단연코 아니라고 말할 것이었다.

헌터 협회 소속 특임대인 팀 유니콘의 제5전대장으로서 최수연은 하루에도 몇 차례라 몬스터와 전투를 벌인다.

물론 모든 전투가 생사를 가르는 것은 아니지만, 그녀는 자신의 능력을 최대한 발휘해 전투해 왔다.

그녀의 노력과 재능에 헌터 등급과 레벨은 다른 헌터들보다 빠르게 올랐다.

하지만 마의 벽 앞에서는 아무런 소용이 없었다.

최수형의 경우는 그녀에 비해 한참이나 늦게 각성했다는 점만 빼면, 한 집단에 가입하면서 급속히 성장했다는 점은 같았다.

다만, 재식과 함께 미국에서 발생한 재앙급 몬스터 웨이브를 맞이한 점이 결정적이었다.

최수형은 그야말로 정신없이 전투했다.

아무리 7등급 헌터인 그일지라도 5등급 몬스터가 가득한 전장에서는 방심을 할 수가 없던 것이다.

조금이라도 신경을 다른 곳으로 돌리면 어김없이 상처를 입곤 했다.

때문에 그는 자신의 능력을 최대한 효율적으로 컨트롤하고 적을 분쇄하는 것에만 집중했다.

그렇게 생사를 오가는 전투뿐만 아니라 실제로 큰 위기에 처하기도 하면서 무아지경으로 몬스터와 싸우다 보니, 어느 순간 그도 모르는 사이에 마의 벽을 넘은 것이었다.

이처럼 두 사람을 보면 마의 벽을 넘는 것이 단순히 노력과 재능만으로 해결되는 게 아니라는 것을 알 수 있었다.

또한 시술 헌터냐 각성 헌터냐의 차이 역시 없었다.

그 예로 부길드장인 김재환이나 이번에 S등급이 된 윤태형의 경우가 그러했다.

하지만 특이한 점은 둘이 S등급 헌터가 되며 얻은 능력이 비슷하다는 것이다.

김재환이 유전자 시술을 받은 시술 헌터인 반면, 윤태형의 경우 육체 능력 각성자였다.

이처럼 시술 헌터와 각성 헌터로 차이가 명확한 두 사람이지만, 둘이 깨달은 능력은 성신 길드장인 백강현과 같은 고농도의 에너지 투사 능력이었다.

에너지 투사 능력은 무기에 자신이 가진 마력을 고농도로 집중하여 사용할 수 있는 힘이었다.

쉽게 말하면 무협 소설에서나 볼 수 있는 강기를 만들어 낼 수 있다는 것이다.

무언가 특별한 공통점이 있는 게 아닐까 의심할 법하지만, 많은 이들이 둘의 비슷한 능력이 그저 우연에 불과하다 생각했다.

에너지 투사 능력이 두 사람의 특성에 따라 변했기 때문이다.

윤태형은 무기에 마력을 집중하여 강기를 생성하는 반면, 김재환은 손톱에 강기를 생성했다.

김재환의 경우 무기에 강기를 생성하는 게 잘 되지 않아 우연히 맨손 전투를 벌이다 깨달은 것이었다.

노력과 재능.

시술 헌터와 각성 헌터.

이 모든 게 S등급에 이르는 데 아무런 영향을 주지 못하지만, 단 한 가지 마의 벽에 영향을 주는 것이 있었다.

바로 마력 시술이었다.

마력 시술은 재식이 던전에서 고블린 마법사인 차콥에게 납치가 되었을 때 심장에 강제로 새겨진 마법이었다.

다만 좀 더 인간의 몸에 맞게 재식이 개선한 탓에 본래 마법진이 가진 강력한 마력은 생산하지 못했다.

그래도 안정적으로 마력을 생성해 보유자에게 마력을 전달해 주다 보니, 다른 동급의 헌터에 비해 좀 더 강한 위력을 내거나 긴 시간 동안 전투할 수 있었다.

그렇게 재식에게 시술받은 사람들은 마법진으로 인해 장기간 내부의 마력을 운용하는 능력을 자연스럽게 키운 것이다.

때문에 마의 벽을 앞에 두고도 다른 헌터에 비해 쉽게 그 경지를 넘을 수 있었다.

게다가 언체인 길드의 헌터들은 모두 마력 시술을 받은 상태였다.

강제 사항은 아니지만, 그 누가 아무런 부작용 없이 더 강한 능력을 가질 수 있는데 거부하겠는가.

그 덕분에 외부에 알려지진 않았지만, 언체인 길드에는 재식과 최수형 말고도 세 명의 S등급 헌터가 추가되었다.

다만, 마력 시술 덕에 마의 벽을 뚫기 쉽다는 사실은 S등급이 된 그들이나, 마법진을 새겨 준 재식조차도 알지 못했다.

"후우……."

S등급에 이르기 힘들다는 이야기를 장황하게 풀어놓던 재식은 잠시 숨을 고르며 생각했다.

사실 재식은 일본에 나타난 네 명의 S등급 헌터가 큰 위협으로 느껴지지는 않았다.

다만, 아직도 행방을 알 수 없는 마계의 존재들이 걱정될

뿐이었다.

그 때문에 김중배 협회장을 통해 조사와 감시를 부탁받은 백강현이 일본에서 6개월 전에 철수했다는 이야기에 매우 아쉬워했다.

아무리 일본 정부와 헌터 협회가 강짜를 부렸다지만, 대승적인 차원에서 백강현이 조금만 희생하여 마계의 존재들에 대한 정보를 취득했다면 큰 도움이 되었을 터다.

그것이 무산된 것이 재식으로서는 정말로 안타까울 따름이었다.

"음, 무슨 말인지 이해는 되는데… 그럼 그 네 명의 일본인들은 어떻게 갑자기 S등급이 된 거야?

최수연은 자신 역시 S등급이 되기 위해 그간 많은 노력을 했다 생각했다.

그럼에도 마의 벽은 여전히 높고 단단하기만 했다.

그런데 고작 6등급 초반의 헌터도 고위 헌터로 취급받는 일본에서 낮은 등급일 헌터가 어떻게 8등급에 해당하는 S등급이 되었는지 궁금해진 것이다.

최수연의 질문을 받은 재식은 잠시 생각에 잠겼다.

'그렇지… 그 생각을 하지 못했구나.'

재식은 그저 일본에 네 명의 S등급 헌터가 나왔다는 김중배 협회장의 이야기를 듣고 그것에 대한 경계만 했을 뿐이다.

낮은 등급일 게 분명한 그들이 어떻게 S등급이 되었을지는 전혀 생각하지 않고 있었다.

한 가지 깨달음을 얻자, 또 다른 생각이 잇따라 떠올랐다.

'대량 실종 사태!'

대륙 연결 프로젝트에 들어가기 전, 얼핏 들은 일본에 관한 뉴스 하나가 생각났다.

일본 대도시에서 도시 괴담처럼 벌어지는 실종 사태에 관한 이야기였다.

하루에도 몇 명씩 실종되고 있다는 보도.

하지만 그 보도는 사람들의 큰 관심을 받지 못했다.

그도 그럴 것이, 몬스터 때문에 죽어 가는 사람만 하루에 수십 명이었다.

때문에 사람이 실종되는 것에 민감하게 반응하는 사람은 그리 많지 않았다.

다만, 그 어떠한 흔적도, 목격자도 없기에 뉴스로 보도된 것이다.

'마계의 존재라면 분명 흑마법에 능통한 놈이 적어도 한 놈은 있을 테지.'

최상급 물의 정령인 슈마리온이 언급한 마계의 존재들이라면, 적어도 하나 정도는 자신이 아는 것보다 흑마법을 더 자세히 알고 있을 것이라 생각했다.

고작 고블린 마법사인 챠콤으로부터 전수받은 흑마법이다 보니 자신은 6클래스에서 정체가 된 상태지만, 녀석들은 다를 터.

게다가 흑마법의 원류라 할 수 있는 마계라면, 어쩌면 자신이 알고 있는 것 이상으로 흑마법을 알고 있는 존재가 필히 존재할 것이라 예상하는 재식이었다.

자신의 예측이 모두 옳을 경우, 실종된 사람이나 S등급 헌터가 느닷없이 네 명이나 출현한 것도 어느 정도는 납득이 되었다.

재식의 표정이 뭔가 시원함을 느낀 것처럼 미세하게 변화를 보이자, 이를 눈치챈 최수연이 물었다.

"뭐 생각나는 거라도 있어?"

"응. 덕분에 뭔가 답을 찾은 거 같아. 고마워."

"아무것도 안 했는데 뭘."

"어떻게 일본의 네 헌터가 S등급이 된 건지 조금 감이 잡혔어."

만에 하나의 가능성을 고려해 보아도 재식은 자신의 생각이 옳다고 느꼈다.

"그럼 바로 잡으러 갈 거야?"

재식은 걱정스러운 최수연의 말에 그제야 고개를 돌려 얼굴을 마주했다.

반년이나 떨어져 있던 연인이 혹시나 곧바로 일본으로 떠날까 속상한 표정.

최수연의 어두워진 표정에 재식이 당황하며 말했다.

"아니, 물론 아니지. 바로 일본으로 가진 않을 거야. 아직 상황도 제대로 모르는데다가 무턱대고 갈 수는 없잖아."

재식은 걱정을 덜어 주기 위해 그녀를 살포시 안아 주었다.

그제야 그녀도 조금 안심이 되는지 굳은 표정을 풀고는 재식을 마주 안았다.

하지만 그녀와는 반대로 재식의 눈빛은 날카롭게 빛났다.

＊　　　＊　　　＊

끼룩, 끼룩.

부우웅!

쏴아― 쏴아―

갈매기가 울고 파도가 잔잔하게 치는 항구에는 한 여객선이 경적을 울리며 떠나가고 있었다.

선상에 나와 있는 사람들은 자신들을 떠나보내는 이들의 얼굴을 보며 손을 흔들었다.

대격변 이후, 차원 게이트에서 쏟아지는 몬스터로 인해 국내 여행은 생각도 못하고 있었다.

당연하게도 해외여행 역시 그보다 더 위험해 사람들은 엄두를 내지 못했다.

그럼에도 이렇게 여객선을 타고 해외로 나가는 이들은 여전히 존재했다.

그들 대부분은 여행 목적이 아닌, 위험을 무릅쓰고 돈을 벌기 위해 해외로 나가는 것이었다.

"다녀올게! 들어가!"

"잘 다녀와요!"

배가 점점 항구에서 멀어질수록 사람들의 애절한 목소리가 항구를 울렸다.

'음……'

재식도 그런 사람들 속에 섞여 멀어지는 항구를 하염없이 쳐다보았다.

비행기를 타면 빠르고 편하지만, 이렇게 일본으로 향하는 여객선을 탄 이유는 다름 아니라 은밀하게 일본으로 입국하기 위해서였다.

여객 터미널이 공항보다 신분 검사가 좀 더 느슨하기 때문이다.

한참 동안 멀어지는 항구를 바라보던 재식은 최수연을 떠올렸다.

6개월 만에 만났음에도 며칠 잠깐 함께하고 다시 자리를 비운 게 미안한 탓이었다.

이처럼 마음속 깊이 미안함을 느끼면서도 그는 일본행을 택할 수밖에 없었다.

마계의 존재에게 결코 시간을 주면 안 된다는 슈마리온의 경고를 떠올린 탓이었다.

후에 큰 낭패를 보지 않으려면 초기에 진압해야 한다는 그의 말이 자꾸 머릿속을 맴돌았다.

뿐만 아니라 마족들은 빈틈이나 약점에 교묘히 파고들어 인간들끼리 분열을 일으키는 것이 일상이라고 들었다.

그렇게 서로를 견제하느라 취약해진 틈을 타 대량 학살을 일으키고, 궁극적으로 인간 세상을 마계화하려는 게 그들의 계획일 거라는 이야기에 초조해진 재식이었다.

처음에 재식은 마계화가 무엇인지 잘 이해하지 못했다.

하지만 거듭된 슈마리온의 설명에 재식은 식은땀을 흘릴 수밖에 없었다.

마계화란 다른 존재는 살 수 없는, 오직 마계의 존재들만이 살아갈 수 있는 극한의 세상을 만드는 행위였다.

그 말에 재식은 챠콤의 기억 속에서, 그리고 어스 드레이크 오마르의 기억 속에서 마계에 대한 단편적 이미지를 떠올렸다.

마계와 그곳에서 살아가는 생명체들은 결코 인류가 감당할 수 있는 것들이 아니었다.

특히나 마계 생명체들 중 참으로 괴상하고 흉측한 것들이 많았는데, 그중 압권은 기생 생명체였다.

지구에서도 기생 생명체인 연가시가 처음 알려졌을 때 그 괴상함에 화제가 된 적이 있었다.

연가시는 생존과 번식을 위해 숙주를 찾아 몸속에 파고들어 기생을 한다.

시간이 흘러 숙주를 잡아먹어 성충이 된 녀석은 그제야 몸 밖으로 나온다.

그러고는 물속에 번식해 자손을 퍼뜨려 또다시 숙주에게 기생하게끔 만든다.

이처럼 마계의 생명체 중 일부는 숙주를 찾아 기생하며 자신의 능력을 키우고, 세력을 확장해 나갔다.

그 모습을 상상한 재식은 고개를 가로저었다.

혹시나 일본에 침투한 마족이 이와 비슷한 형태일지 전혀 예상할 수 없는 그였다.

"하아……."

재식은 한숨을 내쉬었다.

행여 자신이 너무 늦은 게 아닐까 조금 걱정되었기 때문이다.

대륙 연결 프로젝트에 합류하지 않고 일본에서 마계의 존재에 찾을 걸 그랬다는 후회가 문득 생겨났다.

재식은 쉽게 상념을 떨쳐 낼 수가 없었다.

대륙 연결 프로젝트와 일본에 침투한 마계의 존재.

두 마리의 토끼를 다 잡고자 헌터 협회장인 김중배에게 부탁했지만, 그 결과가 너무도 실망스러웠다.

비록 사정이 있다지만, 협회장인 김중배의 부탁에도 불구하고 모든 기반을 정리하고 한국으로 되돌아오다니.

몬스터보다 더 위험한 마계의 존재에 대해 언급하며 경고까지 했다.

심지어 그들을 처리해 달라는 부탁도 아니고 감시만 하는 어렵지 않은 부탁.

하지만 자신에게 별다른 도움이 되지 않는다고 판단한 백강현은 그리 크게 신경 쓰지 않았다.

그러다 보니 부탁을 받은 지 얼마 되지도 않은 시점에 일본에서 S등급 헌터가 나타나고, 또 재앙급 몬스터 레이드를 하자마자 전격적으로 철수한 것이다.

*　　　　*　　　　*

재식이 일본으로 떠나기 전, 강남구 압구정에 있는 성신 길드의 본부.

우뚝 솟아 있는 빌딩은 한때 대한민국의 1위 길드답게 크고 웅장했다.

일본의 재앙급 몬스터 야마타노 오로치의 레이드 이후, 성신 길드는 모기업인 성신 제약의 틀에서 벗어나 독립했다.

그러면서 급격히 세력이 팽창하더니, 대한민국 랭킹 30 위권에 머물던 것이 단번에 2위까지 올랐다.

그러고는 일본에 진출한 지 채 1년도 되지 않아 부동의 1 위이던 화랑 길드를 제치고 자리를 차지하였다.

수많은 방해를 넘어서며 1위 길드가 된 그들의 위상은 시간이 흐를수록 무척이나 높아져만 갔다.

하지만 지금 사람들은 성신 길드를 보고 말한다.

화무십일홍.

영원히 계속될 것만 같던 영광도 새롭게 등장한 초신성에 의해 퇴색되고 말았다.

대한민국 길드 랭킹은 물론이고, 일본에서까지 최고의 헌터 길드로 이름을 떨치던 성신 길드의 위상을 무너뜨린 것은 다름 아닌 언체인 길드였다.

그런 언체인 길드의 수장인 재식이 현재 성신 길드의 본부 앞에 서 있었다.

'음…….'

재식은 참으로 감회가 새로웠다.

국내 길드 랭킹 30위권에 들어갔다고 좋아하던 것이 마치 엊그제 같았다.

풋풋한 과거를 떠올리던 그는 이내 자신이 억울하게 길드에서 쫓겨나던 때를 떠올렸다.

최충식의 음모에 휘말려 유전자 시술의 부작용으로 반쪽

짜리 헌터가 되었을 때.

성신 길드가 행여 외부에 치부가 들어날까 두려워 자신을 협박해 합의문을 쓰게 만들 때.

당시에 길드장인 백강현에게서 쏟아지던 살기를 재식은 아직도 똑똑히 기억할 수 있었다.

만약 재식이 평범한 가정에서 태어나 그저 돈을 벌기 위한 목적만으로 헌터가 되었다면, 아마도 그는 성신 길드를 나오자마자 이 일에서 손을 뗐을 것이다.

그만큼 백강현에게서 받은 충격은 너무나도 컸다.

그 뒤로 재식은 종종 악몽을 꾸기도 했다.

백강현의 손에 온몸이 찢기는 꿈이라든가, 아니면 거대한 늑대인간의 모습을 한 그의 주둥이에 물려 비참하게 죽는다든가 하는 꿈들이었다.

너무 힘들어 모두 다 포기하고 싶었지만, 현실은 재식에게 편안한 안식을 허락해 주지 않았다.

힘든 가정 형편으로 자신이 부모님을 대신해 가장이 되어야만 했다.

때문에 유전자 시술로 반쪽짜리 헌터가 되었음에도 재식은 계속해서 헌터로서 살아가야만 했다.

옛말에 궁구하면 통한다라 했다.

그 말처럼 어떻게든 자신의 반쪽짜리 능력을 이용해 가족을 보살피려던 그의 노력은 전화위복이 되어 돌아왔다.

중간중간 몇 번의 위기도 있었지만, 그때마다 위기는 행운이 되어 재식을 성장시켰다.

그리고 지금에 이르러서는 이 세상 어느 누구와 싸워도 지지 않을 정도가 되었다.

하물며 그것이 같은 S등급의 헌터라 해도 말이다.

아무리 S등급 헌터라 해도 혼자서 재앙급 몬스터를 잡을 수는 없다.

물론 재식 역시 아직까지 혼자서 재앙급 몬스터를 잡은 적이 없다는 것은 같았다.

하지만 재앙급을 넘어 초월급으로 명명된 대지의 드래곤을 장시간 막아 내면서 세계 최강의 헌터라 불리게 되었다.

그리고 그런 자신의 능력을 재식은 의심하지 않았다.

하니 과거 자신에게 트라우마를 선사한 백강현을 다시 만난다고 해도 예전 같이 떨진 않을 것이다.

뚜벅.

한참이나 성신 길드의 본부 입구에서 서 있던 재식은 그렇게 성신 길드 안으로 한 걸음을 옮겼다.

한편, 길드 본부의 최상층에 있는 자신의 집무실에서 업무를 보던 백강현은 무언가 거대한 것이 다가오는 것을 느끼며 손을 잘게 떨었다.

'뭐지? 몬스터인가?'

마치 재앙급 몬스터에 필적할 정도로 흉포한 기운이 포착되자, 백강현은 하던 일을 멈추고 긴장하였다.

'아니… 비슷하지만 몬스터는 아니다.'

백강현은 이처럼 자신의 본능을 자극하는 이 낯선 기운에 긴장한 채 그 정체를 파악하려 노력하였다.

하지만 그가 알아낼 수 있는 것은 그저 그 기운의 정체가 몬스터가 아니라는 정도뿐이었다.

그도 그럴 것이, 몬스터의 것이라면 결코 이렇게 깔끔하게 정제된 느낌을 주지 않기 때문이다.

백강현 역시 재앙급이라 불리던 몬스터를 한 번도 아니고, 두 번이나 경험하였다.

그 두 재앙급 몬스터와 생사결을 하면서 느낀 점은 아무리 높은 위험 등급의 몬스터가 지능을 가지고 있다 하더라도 몬스터는 몬스터라는 것이다.

인간과 같은 지성체가 가진 살기나 기운과는 달리, 몬스터만의 정제되지 않은 흉포함이 느껴져야 비로소 몬스터의 기운이라 할 수 있었다.

그런데 지금 점점 다가오고 있는 기운은 마치 거칠고 흉포한 본능을 억지로 잠재우고 있는 것 같았다.

백강현은 순간 그 기운에서 느껴지는 고요함이 마치 태풍의 눈 같다고 생각했다.

고요하다 해서 태풍의 눈이 안전한 것은 아니었다.

정작 그 안은 조용하고 잔잔하지만, 멀리서 보면 거대한 태풍인 것이다.

'누구냐? 무슨 의도로 날 찾아온 것이냐?'

백강현은 점차 기운에 익숙해지자, 문득 이 기운의 주인이 누군지 궁금해졌다.

그리고 자신을 찾아온 이유 역시도.

'혹시 무신인가?'

백강현은 한 사람을 떠올렸다.

아무리 성신 길드가 잘나고 자신이 잘나도, 항상 국민들이 대한민국 최고라 생각하는 헌터.

무신 이용진.

대격변 초기, 혼란스러운 대한민국을 안정시키고 몬스터로부터 국민을 지켰으며, 혼란기가 지나고 나서도 많은 활약을 한 그였다.

하지만 어찌된 일인지 10여 년 전부터 그의 모습은 어디에서도 찾아볼 수가 없었다.

누군가는 그의 잠적에 '삶의 회의를 느끼고 은퇴를 한 것이다', 혹은 '그의 무력을 두려워한 어떤 세력에서 그를 암살을 했다'고 말했다.

그렇지만 많은 사람들이, 정작 말을 꺼낸 당사자도 이와 같은 루머를 믿지 않았다.

지금이야 모르지만, 그 당시 무신 이용진의 무력은 S등급 헌터 중에서도 단연 발군이었다.

같은 S등급 헌터라 불리지만, 무신이 활동하던 당시 무력은 지금의 자신과 비슷했다.

그러니 어쩌면 지금 자신에게 다가오는 기운의 주인이 실종된 무신일 가능성이 높다고 생각하는 백강현이었다.

그는 이렇게 자신에게 접근하고 있는 기운의 주인을 무신 이용진이라 생각하자, 흥분되기 시작했다.

괜한 호승심이 인 것이다.

실종 이전에야 최고의 헌터라 불렸지만, 지금의 자신 역시 결코 만만치 않다고 생각했기 때문이다.

잠적한 무신이 어떤 경험을 했는지 모르지만, 자신은 초월급이라 판단되는 재앙급 몬스터도 상대해 보았다.

확실히 지금 다가오는 기운은 야마타노 오로치에 비해 많이 손색이 있었다.

그것만 봐도 충분히 상대가 가능하다 여긴 그였다.

'누구인지 모르겠지만⋯ 아니, 제아무리 무신이라도 날 무시한다면 가만두지 않겠다.'

마치 자랑이라도 하듯 기운을 풀풀 풍기는 상대에 백강현은 만반의 준비를 했다.

그렇게 가만히 기다리려 했지만, 심장이 거칠게 뛰기 시작해 그는 도저히 가만히 있을 수가 없었다.

탁.

그렇게 자리를 박차고 일어난 백강현은 곧바로 집무실을 벗어나 엘리베이터로 걸어갔다.

저벅저벅.

10. 백강현과의 대담

성신 길드의 입구.

백강현은 자신을 향해 다가오는 기운을 느끼고, 현관 입구까지 나와 기운의 주인을 기다렸다.

혹시라도 잠적한 무신일까 기대하던 그는 이내 현관 입구로 다가온 기운의 주인을 보고 깜짝 놀랐다.

만약 그의 예상대로 무신 이용진이 찾아왔다 해도 이처럼 놀라지는 않았을 것이다.

한데 놀랄 수밖에 없는 것은, 그 기운의 주인이 바로 재식이었기 때문이다.

설마 자신이 쓸모없다 판단해 과감하게 퇴출시킨 헌터가

기운의 주인일 거라고는 예상치 못했는지, 백강현은 눈을 동그랗게 뜨고서 재식을 바라보았다.

"설마 너일 거라고는 상상조차 하지 못했다."

"오랜만이군요."

문득 재식이 과거의 일로 자신을 찾아온 건가 싶어 미약한 적의를 내비치는 백강현이었다.

그럼에도 재식은 아랑곳하지 않고 그저 담담히 인사했다.

해묵은 과거사를 따지기보다 지금 재식에게는 그에게 도움을 청하는 일이 더 중요했기 때문이다.

"잠시 이야기 좀 하시죠."

재식은 기본적인 예의는 지키되 비굴하게 도움을 구걸하지 않기로 마음먹었다.

그런 재식의 모습에 백강현은 눈썹을 작게 까딱이고는 팔짱을 꼈다.

"흠, 굳이 우리가 할 이야기가 있나?"

명백한 시비조.

백강현은 내심 재식이 어떻게 유전자 시술의 부작용을 극복하고, 이처럼 성장할 수 있는지 궁금했다.

하지만 그는 헌터이기 이전에 사업가였다.

때문에 앞으로의 대화에 있어 조금이라도 유리한 고지를 점하기 위해 일부러 고압적인 태도로 말했다.

그런 그의 거만한 태도에도 재식은 그저 날카로운 눈빛으로 바라볼 뿐이었다.

"지금 하려는 이야기는 이 세상에 알고 있는 사람이 몇 없는 아주 중요한 문제입니다. 아마 이야기를 듣다 보면 관심이 생기실 겁니다."

감정이 전혀 섞이지 않은 무미건조한 목소리.

재식이 백강현의 고압적인 태도에도 아무렇지 않은 데에는 이유가 있었다.

비록 운영 기간이 짧지만, 재식 역시 길드를 운영하면서 많은 사람들을 만났다.

그들 중 지금 눈앞의 백강현보다 못한 사람은 아무도 없었다.

대한민국 헌터 협회장인 김중배.

미국의 부통령인 제레미 라이언즈.

영국의 S등급 헌터이면서 총리이기도 한 제임스 케리건.

영국의 왕자인 헨리 원저.

하나같이 한 나라의 주축이거나 거대한 권력을 지닌 이들이었다.

그들뿐만 아니라 독일을 대표하는 헌터 특수부대인 슈타예거의 마스터 발터 슈미츠와 그의 아들인 흉켈 슈미츠와 같이 재식과 거래를 하는 이들도 만만치 않았다.

이런 이들의 면면을 보면 대한민국 최고 헌터 길드 중 하나인 성신 길드의 길드장이란 직위는 그리 대단한 것도 아니었다.

제아무리 성신 길드가 대단하다고 한들 국내, 내지는 일본 한정의 유명세일 뿐이다.

그렇다고 백강현이라는 헌터 하나가 세계적으로 이름을 날리는 것 역시 아니었다.

그에 반해 재식과 인연을 맺은 이들의 이름은 개인으로만 봐도 무시할 게 못 되었다.

그렇다고 재식이 백강현이나 성신 길드를 무시하는 것은 아니었다.

이러든 저러든 성신 길드는 대한민국에서 손꼽는 대형 헌터 길드이며 백강현은 역시 강자였다.

그저 재식은 사적인 감정 없이 그를 인류의 운명을 좌우할 수 있는 비밀을 나눌 정도의 강자로 대할 뿐이었다.

"음."

거듭된 자신의 견제에도 포커페이스로 일관하는 재식의 태도에 백강현은 작게 신음성을 터뜨렸다.

백강현은 작금의 상황이 못마땅했다.

하다못해 재식이 과거를 들먹이며 자신에게 달려들면, 그 부분을 트집 잡아 앞으로의 대화에서 유리한 고지를 차지할 터였다.

심지어 현재 자신과 재식의 간격은 둘의 능력에 비해 너무도 가까웠다.

때문에 방금 자신이 낸 신음성이나 그를 못마땅하게 바라보는 눈빛마저도 재식이 인지하고 있을 터였다.

결국 이대로는 더 이상 득을 볼 게 없다 판단한 백강현은 헛기침을 하며 로비 한쪽에 위치한 커피숍을 가리켰다.

"우선 자리를 옮기지."

저벅저벅.

건물 내에 두 사람의 발걸음 소리가 울려 퍼졌다.

분명 사람이 많음에도 불구하고, 성신 길드의 건물 내부는 무척이나 조용했다.

일부는 백강현과 마찬가지로 거대한 기운을 느꼈기 때문이고, 또 다른 이들은 길드장인 그가 심각한 표정으로 한 남자와 대화했기 때문이다.

똑똑.

백강현이 커피숍 테이블을 손으로 몇 번 두드리자, 커피숍의 지배인으로 보이는 인물이 다가왔다.

"부르셨습니까?"

"급한 일이 있는데, 여길 좀 비워 주지 않겠나?"

그제야 재식의 얼굴에 변화가 생겼다.

불쾌함.

백강현이 말하는 여기라는 것은 이 테이블 하나만을 이야기하는 것이 아닌, 커피숍 내부를 말하는 것이다.

다른 사람을 아래로 보는 거만한 태도에 재식은 미세하게 미간을 찌푸렸다.

"네, 알겠습니다."

아니나 다를까, 마치 이런 요청이 익숙한 듯 지배인은 바로 대답했다.

우르르르!

대답과 동시에 커피숍에 있던 모든 사람들이 자리에서 일어나 밖으로 나가기 시작했다.

사실상 백강현이 한 말은 지배인이 아니라 커피숍 내부에 있는 사람들에게 한 거나 다름없었다.

순식간에 텅텅 비어 버린 커피숍을 둘러보던 재식은 다시 얼굴을 굳히고는 카페 중앙에 위치한 자리로 걸어가 앉았다.

백강현은 그 모습에 눈썹을 씰룩였다.

아무리 그래도 여기는 성신 길드, 자신의 영역이었다.

자신의 영역에서 멋대로 행동하는 건 둘째 치더라도 애초에 먼저 찾아와 이야기하자고 말을 꺼낸 것은 재식이 아니던가.

백강현은 가만히 재식을 바라보다 속으로 작게 한숨을 내쉬었다.

'이거 내가 말린 건가?'

하지만 그것도 잠시, 그 역시 무표정한 얼굴로 재식에게 걸어갔다.

"뭐 좀 먹겠나?"

그답지 않은 호의에 재식이 의아해하자, 백강현이 말을 이었다.

"그래도 모처럼 찾아온 손님이지 않나. 별다른 생각은 없으니 뭐든 하나 골라 보게."

"아이스 아메리카노로 부탁드립니다."

그런 백강현의 질문에 재식은 싱긋 웃어 보이며 커피를 주문했다.

백강현은 살짝 손을 들어 지배인에게 커피 두 잔을 주문하고는 재식의 맞은편에 앉았다.

그리고는 두 사람은 한동안 아무런 말을 하지 않은 채 그저 서로의 눈만 쳐다보았다.

"흠……."

"…….'

백강현은 재식을 바라보면서 어떠한 것도 알아낼 수가 없었다.

그의 머릿속에는 온통 그가 어떻게 이처럼 단기간에 강해질 수 있는지에 대한 궁금증뿐이었다.

하지만 궁금증과는 별개로 백강현이 재식을 탐색하고자 해도 아무것도 파악할 수 없을 터였다.

과거 백강현의 능력이 월등히 앞서 있어 그 강함을 재식이 온전히 파악할 수 없는 것과 마찬가지였다.

다만, 현재는 서로의 입장이 역전되었을 뿐이다.

둘은 같은 S등급의 헌터로 취급되고 있지만, 그렇다고 둘의 경지가 동일하지는 않았다.

재식은 이미 S등급의 경지를 초월한 상태였다.

그저 S등급 위의 단위가 없어 편의상 뭉뚱그려 부르는 것이다.

재식과 백강현뿐만 아니라 S등급인 이들끼리 무력의 차이가 나는 것은 당연한 일이었다.

다만, 백강현보다 훨씬 늦게 S등급에 이른 재식이 그보다 강하다는 것은 굉장히 이례적인 일이었다.

S등급이 된 시간으로 따진다면 백강현이 훨씬 강해야 정상이었다.

그럼에도 지금 백강현보다 강한 이유는 재식이 걸어온 길이 그와는 달라도 너무 다르기 때문이다.

백강현 역시 S등급 헌터가 되기까지 엄청난 시련과 좌절을 겪었다.

유전자 시술을 받았음에도 끝내 S등급이 되어 각성 헌터만 S등급이 될 수 있다는 가설을 무너트리기까지 했다.

그와 비슷하게 재식 역시 시술을 받아 S등급 헌터가 되었다.

하지만 시술을 받고 S등급에 이르기까지의 과정이 너무도 달랐다.

재식은 몬스터 유전자를 주입받고 부작용으로 제대로 된 능력을 각성하지 못했다.

　그 때문에 자신보다 훨씬 약한 몬스터를 사냥하며 간신히 하루하루를 살아갔다.

　가진 바 능력을 최대한 쥐어짜 조금씩 성장했으나, 큰 성과라 볼 수 없었다.

　그러던 중 몬스터에게 붙잡혀 실험체가 되었다.

　그 과정에서 마법의 부작으로 폭주하고, 그로 인해 광기에 휘말리기까지 했다.

　다행히 헌터 협회 조사단에게 구출되었지만, 죽을 뻔한 위기라는 것에는 재식 본인조차 이견이 없었다.

　그렇게 구출되어 치료를 받던 재식은 엄청난 기연을 맞이했다.

　자신에게 부작용만 안겨 주던 몬스터 유전자 시술이 폭주 이후 엄청난 능력을 가져다준 것이다.

　자신이 먹은 몬스터의 유전자를 카피해 능력을 습득하는 것뿐만 아니라 기억의 일부까지 가져오는 능력.

　그 힘을 통해 인간의 능력을 초월하는 힘과 타차원의 권능을 얻게 되었다.

　그렇게 재식은 유전자 시술의 부작용을 가진 반쪽짜리 헌터에서 일약 등급을 초월한 헌터가 되었다.

　물론 곧바로 S등급 헌터가 된 것은 아니었다.

계속해서 강적들과 마주하고 승리하면서 레벨을 올린 것이다.

현재에 안주하지 않고 계속 도전하고 위기를 마주하다보니, 어느새 그는 S등급 헌터가 되어 있었다.

재식은 눈앞의 백강현을 머리부터 발까지 천천히 훑었다.

분명 막 S등급이 되었을 때까지만 해도 백강현에게는 한참이나 못 미치는 경지였다.

재식과 백강현의 차이는 거기서부터 벌어졌다 해도 과언이 아니었다.

백강현은 사업가로서 안주해 버렸지만, 재식은 여전히 최전선에서 몬스터와 사투를 벌였다.

가장 위험한 곳에서 가장 강대한 적들과 싸웠다.

그리고 기회가 생길 때마다 자신을 강화하는 것에 주저하지 않았다.

백강현이나 다른 S등급 헌터들이 안전과 효율을 중요시하며 싸울 때, 재식은 한순간도 쉬지 않고 자신을 채찍질하며 성장하였다.

만족하지 않는 것.

그것이 재식을 성장시킨 밑거름이었다.

어느새 지구 최강의 헌터라는 닉네임을 가진 재식은 이제 백강현조차도 함부로 대하지 못할 정도로 강해졌다.

'흐음, 그래도 한판 붙으면 백이면 백, 내가 이기겠군.'

백강현 역시 재식을 한 번 훑으며 생각했다.

자신을 무시하는 듯한 그의 눈빛에 재식은 속으로 미소 지었다.

분명 둘의 경지는 엄청난 차이를 가지고 있으나, 겉보기에는 재식이 그 차이만큼 강해 보이지 않았다.

재식이 가진 여러 권능들의 기운끼리 상쇄되어 겉으로 드러나지 않기 때문이다.

몬스터에게서 얻은 육체 능력과는 달리, 챠콥의 기억에서 얻은 흑마법과 정령들과 계약을 통해 얻은 정령력이 어우러지다 보니, 재식이 가진 바 능력을 온전하게 드러내지 못하게 만들었다.

그렇지만 이것은 재식에게 결코 나쁘지만은 않았다.

이렇게 상대의 방심을 유도하는 것.

재식도 이런 부분이 무척이나 마음에 들었다.

무협에서도 이르지 않는가.

무림에서 살아남으려면 가진 능력의 3할을 숨겨라.

그럼 언젠가 그 3할이 위기에서 생명을 구해 줄 거라고 말이다.

실제로 본능에 충실한 몬스터들조차도 이런 재식의 능력을 알아보지 못하고 드러난 기세만으로 판별해 달려들다 최후를 맞이했다.

그렇게 재식에게 달려들고도 살아남은 몬스터는 재앙급 몬스터 웨이브를 일으킨 초월급 몬스터, 대지의 드래곤 타르쿠스뿐이었다.

물론 타르쿠스 역시 재식과 전투를 벌이던 도중 그가 결코 자신보다 약하지 않다는 것을 깨닫고 후퇴하였다.

만약 끝까지 전투를 벌인다면 당연히 체급 차이가 나는 타르쿠스가 이겼겠지만, 타르쿠스 역시 심각한 부상을 각오해야만 했다.

결국 타르쿠스는 물러났고, 재식은 지구 최강의 헌터라는 타이틀을 얻었다.

'그래. 계속 그렇게 방심해라.'

재식은 다시 한번 싱긋 웃으며 백강현을 바라보았다.

백강현은 재식이 만만하다 느끼면서 아이러니하게도 긴장을 놓을 수 없었다.

그리고 그 이유조차 스스로 알지 못했다.

사실 늑대 유전자의 영향으로 발달한 그의 육감이 재식을 경계하고 있는 것이었다.

그 때문인지 백강현은 굳이 재식을 건물 안으로 들이며 자신의 집무실이 아닌, 개방된 1층 로비의 커피숍으로 재식을 이끌었다.

그도 모르는 사이 무의식적으로 재식이 자신보다 강하다

고 느끼고 혹시 모를 사태에 대비한 것이다.

*   *   *

크앙!

쾅!

8m 크기의 오우거와 열두 명의 헌터들이 뒤엉켜 싸우고 있었다.

오우거는 5등급 몬스터로 다 자랐을 경우 그 덩치가 6m를 훌쩍 넘겼다.

그런데 지금 헌터들이 사냥하는 오우거는 그보다 더 큰 것은 물론이고, 일반적인 외형이 아니었다.

털의 색이 짙은 회색이 대부분인 일반 오우거와는 달리, 녀석의 털은 검붉은 색을 띠고 있었다.

일반적인 오우거와 전혀 다른 이 녀석의 정체는 바로 6등급 엘리트 몬스터인 블러드 오우거였다.

헌터들이 오우거를 '숲의 사냥꾼'이라고 부르기도 했다.

이런 별명을 가지게 된 것은 오우거가 숲이나 깊은 산속에 살면서 먹이 사슬의 상위에 속하는 몬스터이기도 하고, 덩치에 맞지 않게 사냥할 때 너무도 은밀한 움직임을 보여 주기 때문이다.

크기가 10m는 훌쩍 넘는 대형종보다는 아니지만, 오우거를 결코 작다고 할 수 없었다.

그럼에도 몸을 숨긴 채 먹잇감이 접근하기를 기다렸다가 한순간에 덮치는 영악한 모습을 보인다.

하지만 그렇다 해서 오우거가 힘이 약한 것은 아니었다.

대부분의 판타지 소설에서 볼 수 있는 이미지와 마찬가지로 '힘' 하면 가장 먼저 떠오르는 몬스터가 바로 오우거였다.

그런 일반적인 오우거보다도 훨씬 덩치가 크고 가죽도 무척이나 질긴 블러드 오우거 때문에 헌터들은 고전하고 있었다.

"젠장! 대장, 아직 멀었습니까? 탱킹하는 게 점점 힘듭니다."

블러드 오우거의 공격을 막아 내던 이지웅은 뒤에서 지시하는 최충식에게 소리쳤다.

시간이 지나면 지칠 거라는 예상과는 달리 오히려 녀석은 점점 더 강해지는 것만 같았다.

그러다 보니 억지로 녀석의 주위를 끌어 자신에게 공격하도록 만드는 것이 점차 부담스러워지고 있었다.

그나마 다행인 점은 탱킹을 두 명이서 번갈아 가며 하고 있다는 것이다.

자신보다는 조금 능력이 부족한 탱커이지만, 그래도 공격한 번을 막아 주는 것만으로도 부담이 덜해 지금까지 버틸 수 있었다.

만약 혼자서 녀석의 공격을 받아 왔다면, 진즉에 큰 부상을 당했을 것이다.

쨍.

'됐다.'

하얀 늑대의 폼으로 유전자를 활성화시킨 최충식은 가까스로 손에서 칸칼의 발톱을 꺼냈다.

인간의 모습일 때는 쉽게 활성화되던 칸칼의 발톱은 희한하게도 전력을 다하기 위해 늑대의 모습으로 변하면 제대로 발동되지 않았다.

때문에 최충식은 몬스터 헌팅과 함께 칸칼의 발톱을 자유롭게 활용하기 위한 연습을 병행하려 팀원들을 끌고 나왔다.

하지만 진인사대천명이라 하던가.

할당된 목표 달성과 연습을 동시에 하려던 최충식의 계획은 초반부터 난관이었다.

그도 그럴 것이, 하필 처음 조우한 몬스터가 5등급 엘리트 몬스터도 아니고, 일반적인 6등급 몬스터도 아닌, 무려 6등급 엘리트 몬스터인 블러드 오우거인 것이다.

6등급 엘리트 몬스터는 등급만 봐도 알 수 있듯 재앙급으로 분류되는 보스 몬스터의 바로 밑에 있는 몬스터였다.

물론 재앙급 몬스터에 비해 한참이나 손색이 있기는 하지만, 그래도 쉽게 상대할 수 있는 몬스터는 아니었다.

6등급 엘리트 몬스터를 잡기 위해선 6등급 이상의 헌터들로 구성된 정규 공대가 필요했다.

단순히 수만 채운다고 토벌이 가능한 게 아니라, 몬스터의 공격을 받아 주고 시선을 끌어 줄 7등급의 최상급 탱커가 최소한 세 명이나 필요했다.

그런데 지금 최충식의 팀은 정규 공대의 반도 되지 않는 인원수로 블러드 오우거를 상대하고 있는 것이다.

사실 최충식이 자신의 직속인 팀 비스트 멤버들만 데리고 사냥을 나선 것은 잘못된 판단이 아니었다.

그 역시 6등급 엘리트 몬스터를 마주할 거란 생각을 전혀 못했으니 말이다.

그도 그럴 것이, 6등급 엘리트 몬스터는 이름에서부터 알 수 있듯 그리 쉽게 접할 수 있는 몬스터가 아니었다.

먹이사슬 최상위권에 있는 몬스터답게 그 개체 수도 그리 많지 않았다.

물론 단순히 재수 없다고 생각할 수도 있지만, 그러한 가능성까지 가늠하고 조심해야 하는 게 팀장의 역할이었다.

최충식은 단순히 칸칼의 발톱을 실전에 사용해 볼 생각에 들떠 그런 가능성을 무시했고, 그 대가를 톡톡히 치르는 중이었다.

그나마 팀 비스트라 제법 오랜 시간 동안 블러드 오우거를 상대로 버틸 수 있는 것이다.

팀 비스트는 성신 길드 대표 몬스터 레이드 팀이라 불릴 정도로 그 강력함을 자랑했다.

멤버는 총 열두 명으로 이루어진 7등급 헌터들로만 구성되어 있었다.

다만, 소수 정예로 구성되었기에 이처럼 많은 수의 인원이 필요한 6등급 엘리트 몬스터에게는 손을 쓸 수가 없는 것이다.

최충식은 고개를 가로저었다.

이제 와 자신의 잘잘못을 따지기에는 너무 늦었다.

최충식은 머리를 비우고 블러드 오우거를 최선을 다해 상대하기로 마음먹었다.

어차피 오우거는 한 번 먹잇감으로 찍으면 그 대상을 절대 포기하지 않았다.

그러한 습성을 최충식은 잘 알고 있기에 선택의 여지가 없었다.

다행히 자신이 칸칼의 발톱을 활성화시킬 때까지 팀원들이 잘 버텨 주었다.

"간다!"

최충식은 고함인지, 기합인지 모를 소리를 내지르며 이지웅과 문성식이 붙들고 있는 블러드 오우거를 향해 달려 나갔다.

챙! 챙챙!

아니나 다를까, 블러드 오우거는 그의 예상만큼이나 만만치 않았다.

5등급 몬스터를 상대로는 칸칼의 발톱은 무적이라 해도 무관할 정도로 강력함을 보여 주었다.

하지만 블러드 오우거에게는 거친 저항감이 느껴지며 공격이 통하지 않았다.

크워억!

물론 최충식의 공격이 블러드 오우거에게 아무런 영향을 주지 않은 것은 아니었다.

공격을 받은 블러드 오우거는 큰 충격을 받았다.

겉으로 보이는 상처는 없지만, 방금 전 허벅지를 훑고 지나간 최충식의 공격에 블러드 오우거는 상당한 마력의 손실을 봤다.

조금 까다로운 먹이 정도로 생각한 인간들이 위협적인 공격을 하자, 블러드 오우거 역시 당황해 비명을 지른 것이다.

예상치 못한 먹잇감들의 반항에 블러드 오우거는 두 팔에 힘을 주고 공격하기 시작했다.

쾅!

"윽."

블러드 오우거의 공격을 간신히 막아 낸 이지웅은 짧은 신음을 흘렸다.

휙—

"하앗!"

탱커인 이지웅이 신음을 흘리거나 말거나, 충식은 그 틈에 다시 한번 공격을 강행했다.

그러자 이번에는 공격이 제대로 들어갔는지, 블러드 오우거가 크게 휘청이며 비명을 질렀다.

크앙!

"블러드 오우거가 약해졌다!"

지금까지 무지막지한 공격을 퍼붓던 블러드 오우거가 한쪽 무릎을 꿇자, 최충식은 팀원들의 사기를 북돋기 위해 소리쳤다.

아니나 다를까, 마치 지쳐 쓰러진 것처럼 보이는 블러드 오우거의 모습에 팀원들도 고함을 지르며 공격했다.

"와아!"

"우워!"

"하압!"

퍽, 퍽.

치강—

챙! 챙!

그렇게 기세를 탄 헌터들의 공격에 블러드 오우거가 조금씩 상처를 입기 시작했다.

전투가 제법 장시간 동안 이어지기도 했고, 칸칼의 발톱의 마력 동결 때문에 생체 실드가 벗겨진 탓이었다.

퍽, 퍽.

그중에서도 최충식의 공격 한 번, 한 번에 블러드 오우거의 몸이 휘청였다.

뿐만 아니라 점점 동작이 느려지기까지 했다.

블러드 오우거의 마력이 동결되어 점차 마비 증세를 보이기 시작한 것이다.

얼마 지나지 않아 블러드 오우거는 땅바닥에 쓰러지고 말았다.

쿵!

"와아!"

무시무시한 공격을 하던 커다란 덩치의 오우거가 쓰러지자, 마치 작은 지진이 일어난 듯 땅이 울렸다.

하지만 헌터들은 이에 놀라기보다 환호성을 지르며 기뻐했다.

자신들의 역량으로는 감히 잡을 엄두조차 내지 못할 6등급 엘리트 몬스터를 다른 지원 공대 없이 그들만으로 사냥을 끝냈기 때문이다.

"와… 자기, 언제 그렇게 실력이 는 거야? 몰래 수련이
라도 했어?"

최충식의 곁으로 백장미가 다가오며 물었다.

"어? 그건 뭐야?"

백장미는 아직 활성화되어 있는 칸칼의 발톱을 보고 물었
다.

스윽—

백장미의 호들갑에 그제야 자신이 아직도 칸칼의 발톱을
활성화하고 있었다는 사실을 깨달은 최충식이 얼른 칸칼의
발톱을 손 안으로 집어넣었다.

칸칼의 발톱은 강력한 무기가 맞지만, 그만큼 단점도 있
었다.

활성화하고 유지하는 데 많은 에너지가 소비된다는 점이
그러했다.

하지만 무엇보다도 장시간 유지하다 보면 사용자에게 살
인 충동을 느끼게끔 만든다는 점이 큰 단점이었다.

정확히 살인 충동보다는 잠재되어 있는 살상 본능이 깨어
난다는 표현이 맞을 것이다.

지금이야 블러드 오우거를 잡는 데 많은 에너지를 소비해
그런 증세가 나타나지는 않았지만, 만약 에너지가 제법 남
았더라면 큰일이 벌어졌을지도 몰랐다.

어쩌면 최충식은 자신의 부하들을 향해 칸칼의 발톱을 사용했을지도 몰랐다.

"아, 별거 아니야. 아무튼 오늘 몬스터 헌팅은 이만 마치기로 하자."

"응? 이제 겨우 한 마리 잡았는데? 이제 겨우라고 하기엔 좀 그런가?"

충식의 사냥 중단 선언에 백장미는 고개를 갸웃거렸다.

예상치 못한 몬스터의 출현으로 팀 비스트 멤버들이 많이 지친 것은 사실이다.

그리고 6등급 엘리트 몬스터를 사냥함으로써 할당량 역시 충분히 달성했다.

그럼에도 그녀는 겨우 몬스터 한 마리 잡고 사냥을 끝내기엔 아쉽다는 생각이 든 것이다.

"너야 아직 체력이 남았겠지만, 지웅이나 성식이는 역시 움직일 힘도 없을 거다."

최충식은 이지웅과 문성식을 손끝으로 가리키며 말했다.

그 말에 백장미는 고개를 돌려 이지웅과 문성식을 바라보았다.

전투 내내 든든하던 이지웅과 문성식은 레이드가 끝나자마자 그 자리에 주저앉아 숨을 고르고 있던 것이다.

"아……."

그제야 백장미는 상황을 이해했다.

몬스터 헌팅에 있어 가장 중요한 포지션은 누가 뭐라고 해도 탱커다.

그런데 팀에 고작 두 명밖에 없는 두 탱커 모두 저렇게 지쳐 있는 것을 보니, 오늘은 더 이상 몬스터 헌팅을 지속할 수 없다는 생각이 든 그녀였다.

"알았어. 뭐, 정규 공대도 아닌 우리가 6등급 엘리트 몬스터를 사냥한 거면 충분하지."

여전히 사냥에 목마른 백장미였지만, 더 이상 사냥하자는 말을 하지 않았다.

현재 팀의 분위기를 보니 자신이 아무리 주장해도 먹힐 상태가 아니던 것이다.

그렇게 팀 비스트는 이른 시간에 몬스터 헌팅을 끝내고 길드로 돌아왔다.

그러자 한참이나 기분이 좋던 최충식은 한순간에 심연의 나락으로 떨어지는 듯한 기분을 느끼게 되었다.

*　　　*　　　*

"잘 생각해 보십시오. 백 길드장님께서 무엇 때문에 헌터가 되고, 또 길드를 최고로 만들기 위해 노력해 왔는지 말입니다."

재식은 자신의 앞에 앉아 있는 백강현과 대화하면서 뭔가 그와 말이 통하지 않는다는 것을 깨달았다.

인류의 생존에 관한 중요한 비밀을 들려주었음에도 불구하고, 백강현은 시종일관 적대감만 보일 뿐이었다.

재식은 어이가 없었다.

오히려 정작 적대감을 보이며 화를 내야 할 사람은 백강현이 아니라 자신이었다.

자신은 백강현의 외동딸인 백장미의 감언이설에 속아 성신 길드에 가입했다.

그러다 성신 길드의 핵심인 최충식의 음모로 인해 헌터로서 치명적인 약점을 가지게 되었다.

뿐만 아니라 인체 실험을 당한 피해자이기도 했다.

그럼에도 보상이라고는 비밀 서약의 대가로 약간의 돈만 주어졌을 뿐이다.

마음 같아서는 받고 싶지 않았지만, 괜히 그들이 자신이나 부모님께 위해를 끼칠까 두려워 어쩔 수 없이 받아들였다.

그런데 이런 일을 겪은 자신이 대승적 차원에서 참고 있는데, 적반하장으로 백강현이 간간이 적의를 보이는 것에 황당한 기분마저 드는 재식이었다.

이내 재식은 그냥 말로만 하니 상대가 자신의 뜻을 곡해

한다고 생각하기에 이르렀다.

결국 재식은 백강현의 기질이 그렇다는 것을 상기하며 약간의 힘을 보이기로 하였다.

강자에 약하고, 약자에 강한 것이 인간의 본성임을 잠시 잊고 있었다.

그저 성인이기에 어느 정도 말은 통하지 않을까 단순히 생각한 자신이 문제라고 생각한 재식이었다.

우웅—

재식은 그동안 숨기고 있던 힘을 조금 활성화하였다.

심장의 어스 드레이크 오마르의 마나 하트에 의념을 보내 마력을 활성화시켰다.

그러자 바로 반응이 왔다.

'헉!'

덜그럭덜그럭.

주변에 있던 테이블과 의자가 흔들리는 것은 물론, 공기조차도 무거워지며 진동하기 시작했다.

"제가 지금까지 한 말이 농담처럼 들리나 봅니다. 꾸며낸 이야기가 아니니 부디 명석하게 판단하시길 바랍니다."

그러자 백강현의 얼굴이 처음으로 변화를 보였다.

시종일관 거만하게 내려다보던 시선에서 만만치 않은 일생일대의 적을 보는 것마냥 긴장한 모습이었다.

"헌터 협회에서 백 길드장님께 협조를 요청한 것은 단순히 길드장님을 견제하기 위한 수단이 아닙니다. 정말로 일본에 인류의 생존을 위협할 적이 있기 때문이었습니다."

재식은 말을 마치고 잠시 굳어진 백강현의 얼굴을 쳐다보았다.

그나마 거만하던 표정에서는 적의감이라도 읽을 수 있었지만, 이제는 더 이상 어떠한 생각조차 읽을 수 없었다.

"일본에서 활동한 시간이 짧지 않으니, 어느 정도 정보를 가지고 있으실 거라 생각합니다. 조금만 도와주십시오."

정중한 재식의 모습에 백강현은 눈을 동그랗게 떴다.

그러고는 뭐라 대답하려던 찰나, 어디선가 시끄러운 목소리가 들려왔다.

"네가 여기 왜 있어!"

재식은 목소리의 주인에게로 고개를 돌렸다.

언제 나타났는지 커피숍 입구에 최충식 서 있었다.

"이만 자리에서 일어나겠습니다. 제가 조금 전에 드린 이야기는 다시 한번 잘 생각해 보시기 바랍니다. 연락 기다리겠습니다."

고함을 지른 최충식을 잠시 일별하더니, 재식은 백강현에게 정중히 인사하고 자리를 떠났다.

그런 재식의 뒤로 광분한 최충식의 악담이 들려왔지만, 그는 아랑곳하지 않고 걸어 나갔다.

한편, 혼자 커피숍 안에 남게 된 백강현의 눈은 여전히 재식이 사라진 곳을 향해 있었다.

그의 머릿속에는 많은 생각들이 떠오르고 사라졌다.

'그동안 난 무엇을 위해 싸워 온 것인가?'

재식이 남기고 간 말에 백강현은 심각한 고민에 빠졌다.

〈『헌터 레볼루션』 15권으로 계속…〉